버드나무에 부는 바람 2

버드나무에 부는 바람 2

2004년 1월 2일 초판 인쇄
2004년 1월 6일 초판 발행

글쓴이 : 케네스 그레이엄
옮긴이 : 박 선 화
펴낸이 : 조 명 숙
펴낸곳 : 돋을새김 맑은창

등록일자 : 2000년 1월 17일
등록번호 : 제 16-2083호

서울특별시 강남구 역삼동 810-16
전화 : (02) 555-9512
팩스 : (02) 553-9512

※ 잘못된 책은 바꾸어 드립니다.
ISBN 89-86607-31-X 04840
ISBN 89-86607-29-8 04840(전 2권)

버드나무에 부는 바람 ②

케네스 그레이엄 지음 / 최연수 그림 / 박선화 옮김

도서출판 맑은창

차 례

버드나무에 부는 바람 2

7. 새벽녘의 피리 소리 ……………………………………… 9
8. 두꺼비의 모험 ……………………………………………… 33
9. 모두가 나그네 ……………………………………………… 62
10. 계속되는 두꺼비의 모험 ………………………………… 93
11. 여름 폭풍우 같은 눈물을 흘리다 …………………… 129
12. 율리시즈의 귀향 ………………………………………… 163

7. 새벽녘의 피리 소리

굴뚝새는 강둑의 어두운 가장자리에 숨어 구슬프게 노래했다. 밤 열 시가 넘었는데도 아직 하늘에는 떠나기 싫어하는 하루의 마지막 빛이 달라붙어 있어 뿌옇기만 했다. 그렇지만 한낮의 뜨거운 열기는 짧은 한여름 밤이 다가오면서 식어가기 시작했다.

하루 종일 구름 한 점 없는 하늘로부터 내리쬐던 뜨거운 열기에서 아직 헤어나오지 못한 두더지는 강둑에서 사지를 쭉 펼치고 누워 친구가 돌아오기를 기다렸다. 그 날 물쥐는 오래 전에 수달과 했던 약속을 지키려고 혼자서 수달의 집에 갔기 때문에 두더지는 하루 종일 몇몇 친구들과 어울려 강가에서 놀았다. 그런 다음 집으로 돌아왔지만 집은 어두웠다. 물쥐는 오랜

친구와 모처럼만의 약속이기에 늦게까지 함께 있을 것 같았다. 게다가 너무 더워 집안에 있을 수가 없어서 강둑으로 나와 기다리는 것이다. 그는 서늘한 풀잎을 깔고 누워 지나간 나날들과 그동안에 있었던 일들을 회상해 보았다. 얼마나 즐거운 나날이었던가!

곧 바싹 마른 잔디를 지나 그에게로 가까이 오는 물쥐의 가벼운 발자국 소리가 들렸다.

"야, 여기는 시원하구나."

물쥐는 이렇게 말하며 두더지 옆에 주저앉아 강물을 바라보았다. 그러나 무슨 생각에 잠겨 있는지 더 이상 아무 말도 하지 않았다.

"저녁은 물론 먹고 왔겠지?"

두더지가 물었다.

"간단하게 먹었지."

물쥐가 대답했다.

"수달 부부는 내가 온다는 얘기를 듣지 못했었나 봐. 하지만 그 부부는 친절해서 내가 떠날 때까지 나를 즐겁게 해주려고 온갖 정성을 다했어. 그렇지만 나는 그 집에 있는 동안 내 자신이 실수하고 있다는 생각만 들었어. 내색하지 않으려고 애쓰긴 했지만, 그들이 괴로워한다는 것은 너무도 분명했거든. 두더지야, 그들은 곤경에 빠져 있어. 어린 포틀리가 또 없어진 거야. 수달이 아들이라면 얼마나 끔찍하게 생각하는지 잘 알잖아. 그런 얘기를 꺼내는 법은 없지만 말이야."

"그 아이가 또?"

두더지가 가볍게 말했다.

"하지만 그 아이가 없어졌다고 해서 왜들 그렇게 걱정하는 거지? 포틀리는 여기저기 돌아다니다가 길을 잃기도 하지만 결국 다시 돌아오잖아. 모험심이 강해서 그러긴 하지만 다친 적은 없잖아. 이 근처의 동물이라면 누구나 그 아이를 알고 또 좋아하지, 수달을 좋아하는 것처럼. 어쨌든 누군가 그 아이를 우연히 만나면 안전하게 집으로 데려다 줄 거야. 그래, 우리도 그 아이를 찾아보자. 혼자만의 생각에 사로잡혀서 여기저기 돌아다니다가 멀리까지 갔을지도 모르니까."

"그래, 하지만 이번에는 좀더 심각해."

물쥐가 걱정스럽다는 듯이 말했다.

"없어진 지 벌써 며칠이나 되었대. 수달은 그동안 고지대와 저지대의 여기저기를 찾아보았지만 흔적조차 없었대. 그리고 멀리 떨어진 곳에 사는 동물들에게까지 물어보았지만, 그 아이를 보았다고 하는 동물이 없었다는 거야. 수달은 자기 얘기보다 훨씬 더 걱정하고 있는 것이 분명해. 수달에게서 어린 포틀리가 아직 수영을 제대로 배우지 못했다는 얘기도 들었어.

나는 수달이 댐을 생각한다는 것을 알 수 있었어. 매년 이맘때면 물이 엄청나게 흘러내리잖아. 그 멋진 광경은 아이들에겐 항상 좋은 구경거리지. 너도 잘 알겠지만 거기에는 함정, 덫 같은 것들이 많잖아. 수달이 전에는 자식에 대해 그렇게 걱정하지 않았잖아. 지금은 몹시 염려하고 있어.

 내가 집으로 돌아오려고 하니까 수달도 나와 함께 나오더라구. 시원한 바람을 쐬면서 다리를 좀 움직여 봐야겠다고 하면서 말이야. 하지만 나는 수달이 그런 이유 때문에 나오는 게 아니라는 걸 눈치채고 다그쳐 물었더니 마침내 대답하더구나. 밤새 여울목을 지켜보려 한다고 말이야. 너도 다리가 세워지기 전에 자주 이용하던 여울목이 어디 있는지는 기억하지?"

 "잘 알지."

두더지가 말했다.

 "그런데 수달은 왜 하필 거기를 지키겠다는 거지?"

 "아마도 수달이 포틀리에게 수영을 처음 가르쳤던 곳이 바로 그곳이기 때문인 것 같아."

물쥐가 계속 말했다.

 "강둑과 가까운 자갈이 깔린 얕은 모래톱이라더구나. 바로 거기에서 수달이 물고기 잡는 법을 가르치곤 했었고, 어린 포틀리가 처음으로 물고기를 잡고서 아주 뿌듯해 했던 것도 거기서였대. 그 아이는 그곳을 아주 좋아했대. 그래서 수달은 그 아이가 어디서 방황하고 있더라도 ― 혹시라도 아직 살아서 어딘가를 방황하고 있다면 말이다 ― 자기가 그렇게 좋아하던 그 여울목으로 올지도 모른다고 생각하는 거야. 아니면 우연히 그곳을 지나치게 되었을 때 멈춰 서서 놀 거라고 생각하는 것이지. 그래서 수달은 매일 밤 거기 가서 지켜본대. 우연히, 정말 우연히 그 아이가 그곳으로 오게 될지도 모르니까 말이야."

그들은 한동안 아무 얘기도 하지 않았다. 그렇지만 똑같은 생각을 하고 있었다. 밤새 요행을 기다리며 걱정에 사무친 가슴을 안고 홀로 여울목에 쪼그리고 앉아 있을 수달을 생각했던 것이다.

"좋아, 좋아."

물쥐가 마침내 입을 열었다.

"이제는 집에 들어가야 할 것 같은데……."

그렇지만 둘 다 집으로 들어가려는 움직임은 보이지 않았다.

"물쥐야."

두더지가 말했다.

"나는 집으로 들어가 누워도 잠이 들 것 같지 않아. 우리가 어떻게 해볼 수는 없다고 하더라도, 아무 노력도 하지 않고 편안히 잘 수는 없을 것 같아. 보트를 타고 상류로 노를 저어 올라가 보자. 한 시간 정도 후에는 달이 뜰 테니 가능한 한 길 찾아보는 거야. 어쨌든 아무것도 하지 않고 잠자리에 드는 것보다는 낫겠지."

"나도 바로 그런 생각을 했어."

물쥐가 말했다.

"오늘 같은 밤은 그저 잠자리에 누워서는 안 되는 밤이야. 얼마 안 있으면 동이 틀 테고 말이야. 그때 일찍 일어나는 동물들에게 혹시 그 아이를 본 적이 없느냐고 물어보기로 하자."

그들은 보트를 꺼내 올라타고, 물쥐가 조심스럽게 노를 저어 강 가운데로 나갔다. 밤 하늘에 반사되어 물길은 알아볼 수 있었다. 그러나 주위의 온 세상은 어둠에 사로잡혀 오직 강과 강둑만을 희미하게나마 알아볼 수 있을 뿐이었다. 물쥐는 순전히 직감적인 판단에 따라 노를 저어야 했다.

어두워서 어떤 동물의 모습도 보이지는 않았지만 밤은 시끄러운 소리로 가득 차 있었다. 노랫소리, 얘깃소리, 스치는 소리. 그런 모든 소리는 어둠 속에서 바쁜 몇몇 마을 주민들이 잠자리에서 일어나, 일하고, 거래하며 그들의 생업을 수행하는 중임을 알려주는 소리이다. 그들은 마침내 햇살이 비치고, 편히 잠자리에 들 때까지 그렇게 부지런히들 움직일 것이다.

강, 그 자신의 소리도 들려온다. 콸콸거리며 흘러가는 그 소리는 오히려 낮보다 더욱 뚜렷이 가까이에서 들린다. 항상 그 소리는 실제로 그들을 부르는 소리처럼 들리기도 한다. 하늘을 배경으로 수평선은 뚜렷이 펼쳐져 있다. 그 한 부분은 점점 솟아오르는 은빛 인광에 의해 오히려 검게 보였다. 마침내 수평선에서 달은 목마르게 기다리던 대지에 그 모습을 드러내며, 마치 묶어 놓았던 밧줄에서 풀려난 듯 자유롭게 하늘 높이 떠오른다. 그리고 그들은 지상의 모든 것을 다시 한 번 볼 수 있었다.

넓게 펼쳐진 초원, 고요한 잔디밭, 그리고 양쪽 강둑 사이를

흐르는 강, 그 모두를 부드럽게 비추어 신비감과 두려움을 걷어냈다. 주위는 다시 대낮처럼 밝아졌다. 그렇지만 그 차이는 너무도 엄청나다. 물쥐와 두더지가 늘 왕래하던 초원, 잔디밭과 강은 다른 옷을 입고서 그들을 다시 맞이했다. 마치 어디론가 사라졌다가 새 옷으로 갈아입고 조용히 되돌아와서는 물쥐와 두더지가 그러한 그들을 다시 알아보는지 수줍게 기다리면서 미소 짓고 있는 것 같았다.

보트를 느티나무에 잡아맨 두 친구는 이 고요한 은빛의 왕국에 상륙했다. 그리고 끈기 있게 울타리 나무 사이를, 큰 나무에 뚫린 구멍을, 개울과 그 개울에 이어진 조그만 배수구를 살펴보았다. 웅덩이와 마른 수로도 살펴보았다.

그런 다음 다시 보트를 타고 노를 저어 상류로 올라가 다른 곳을 찾아보았다. 멀기는 하지만 하늘에 떠 있는 달도 그들의 수색을 돕기 위해 묵묵히 자신이 할 수 있는 일을 했다. 때가 되어 마지못한 듯이 달이 지고 동이 터오고, 신비로움이 또다시 초원과 강을 감싸안을 때까지 계속했다.

서서히 변화가 시작되며, 모든 것은 그 자신의 모습을 뚜렷이 드러냈다. 수평선도 명확해지고, 들판과 나무도 점점 시야에 들어왔다. 그러나 웬지 달빛을 받을 때와는 다른 모습이다. 신비로움이 사라진 것이다. 갑자기 새 한 마리가 요란하게 우짖는다. 그리고 다시 고요해졌다. 산들바람이 불어와 갈대와 큰고랭이풀을 스치며 지나갔다.

두더지가 노를 잡고 있는 동안, 후미에서 쉬고 있던 물쥐가 갑자기 일어나 온 신경을 집중해서 무슨 소리엔가에 귀를 기울였다. 가볍게 노를 저어 보트를 움직이게 하면서도 스쳐 지나가는 강둑을 주의 깊게 살펴보던 두더지는 물쥐의 그러한 모습을 보자 호기심을 느꼈다.

"사라졌어!"

물쥐가 주저앉으며 탄식했다.

"아름답고 이상한, 처음 들어보는 소리였어! 고통스러울 정도로 가슴 속의 갈망을 일깨워 주는 소리였어. 그 소리를 한 번만 더 들을 수 있다면 무슨 짓이라도 할 수 있을 것 같아. 그 소리를 계속 들을 수 있다면 그보다 더 소중한 것은 없을 것 같아. 아냐, 또 들린다!"

물쥐는 소리를 지른 다음에 다시 주의를 집중시키고 그 소리에 귀를 기울였다. 그 소리에 매혹된 듯이 그는 한동안 숨소리도 내지 않고 귀를 기울였다.

"소리가 점점 약해지네. 너 이상은 들리지 않아."

물쥐가 안타깝다는 듯이 말했다.

"오, 두더지야, 나는 그렇게 아름다운 소리는 처음 들어봤어! 멀리서 들려오는 즐겁고 기쁨에 찬 그 피리 소리! 그 소리야말로 순수한 행복 그 자체였어. 나로서는 꿈에서도 듣지 못한 아름다운 음악이야. 그 노랫소리에 담긴 호소는 강렬하면서도 달콤한 것이었어. 그래, 계속 노를 저어, 두더지야. 그 음악 소리는 분명히 우리를 부르는 소리였어."

두더지는 친구의 말을 전혀 이해하지 못하면서도 친구의 말에 따랐다.

"내 귀에는 아무 소리도 들리지 않던데."

두더지가 말했다.

"갈대밭을 스치고 지나가는 바람 소리밖에 못 들었어."

물쥐는 아무 대꾸도 하지 않았다. 두더지의 얘기를 듣지 못한 것 같았다. 새롭고 성스러운 소리에 넋을 잃고 황홀해 하며 몸을 떨었다. 그 소리는 무력해진 물쥐의 영혼을 사로잡아 흔들며 어르는 것 같았다. 나약하지만 행복한 어린아이를 강한 힘으로 사로잡고 놓아주지 않는 것 같았다.

두더지는 아무런 말도 없이 꾸준히 노를 저었다. 이제 보트는 강물이 갈라지는 곳에 다다랐다. 갈라지는 한쪽 길은 역수(逆水)였다. 물쥐는 살짝 머리를 돌리며 오랫동안 고정시켜 두었던 방향타를 돌려 보트를 역수로 들어서게 했다. 물살은 점점 그 힘을 더해 갔고, 이제 그들은 강기슭에 보석처럼 피어 있는 화려한 색깔의 꽃들을 볼 수도 있었다.

"이제 점점 가까이에서 분명하게 들리는데."

물쥐가 기쁨에 넘쳐 소리쳤다.

"이제는 너도 저 소리를 분명히 들을 수 있을 거야! 그래, 너도 듣고 있지?"

기쁨에 찬 그 피리 소리가 마치 흐르는 물결처럼 들려오기 시작하자, 두더지도 숨도 못 쉬고 그대로 굳어버리고 말았다. 두더지를 완전히 사로잡은 것이다. 물쥐는 친구의 뺨에 눈물이 흘러내리는 것을 보았다. 그러나 단지 머리를 끄덕일 뿐이었다. 충분히 이해할 수 있어서였다.

그들은 진홍색 부처꽃이 강둑을 장식하고 있는 곳에서 한동안 보트를 멈추고 주위를 살폈다. 거역할 수 없는 맑은 소리, 영혼을 사로잡는 듯한 그 멜로디는 두더지에게도 그 힘을 발휘하여 그를 불렀다. 두더지는 기계적으로 노를 집어들고 다시 젓기 시작했다. 세상은 점점 밝아오기 시작했지만, 새벽이 찾아올 때면 항상 그랬던 것과는 달리 새들도 노래하지 않았다. 오직 하늘에서 들려오는 듯한 그 피리 소리만이 고요하게 울려 퍼질 따름이었다.

상류로 올라가는 그들의 양편으로 펼쳐진 파란 초원이 새벽을 맞이하는 광경은 더할 수 없는 신선함을 안겨 주었다. 그러나 그들은 활짝 피어오르는 장미도, 풍요롭게 피어나는 분홍바늘꽃도, 냇세 버서 가는 날씬한 들판의 향기도 깨닫지 못했다.

댐에 점점 가까이 가자 오직 출렁거리는 소리만이 들려왔다. 그들은 거의 다 왔음을 알게 되었다. 무슨 소리인지는 모르지만 그들을 기다리고 있음이 분명한 소리가 들려오는 곳에 가까이 왔음을 깨달았다.

거대한 댐에서는 초록색 강물이 반원형으로 물결을 이루고 초록색 강물의 어깨를 어루만지며 햇빛을 받아 반짝거린다. 그

댐은 강둑과 강둑 사이의 역수를 막고 있다. 순조롭게 흘러오다 댐에 막혀 어려움을 겪는 역수는 거품을 뿜어내며 소용돌이를 일으킨다. 그리고 요란한 소리를 내기 때문에 다른 모든 소리는 묻혀 버리고 만다.

희미하게 보이는 댐에 둘러싸인 강물의 중앙에는 벚나무와 능금나무가 가지를 늘어뜨린 조그만 섬이 자리잡고 있었다. 수줍어하지만 깊은 의미를 지닌 섬은 담을 수 있는 것은 무엇이든지 베일 뒤에 감추고 때를 기다렸다. 섬은 선택과 부름을 받을 때를 기다리는 것들을 담고 있었다.

아무 의심이나 망설임 없이 천천히, 엄숙한 기대감을 안고 두 동물은 요동치는 강물을 건너 꽃으로 장식된 그 섬의 가장자리에 그들의 보트를 댔다. 조용히 보트에서 내려 여기저기 흩어져 피어 있는 꽃과 향기로운 풀과 덤불을 헤치고 평평한 곳으로 나아갔다. 그들은 능금나무와 벚나무, 야생 자두나무 같은 자연의 과실수 사이에 자리잡고 있는 감탄할 정도인 조그만 초록빛 잔디밭에 섰다.

"여기가 꿈만 같던 노랫소리가 시작된 곳이야. 여기서부터 그 음악이 나에게 들려왔어."

물쥐가 마치 마법에 걸린 것처럼 속삭였다.

"여기, 이 신성한 장소에서, 우리는 그 분을 찾을 수 있을 거야."

그때 갑자기 두더지는 커다란 경외감이 자신을 짓누르는 것을 느꼈다. 온 몸의 근육이 흐물흐물해지고, 머리는 수그러들고, 발은 그 자리에 달라붙게 하는 경외감이었다. 그것은 두려움에 떨게 하는 공포가 아니었다. 두더지는 오히려 놀라운 평화와 행복을 느꼈다. 공포보다도 더 세게 후려치고 움켜잡는 경외감이었다. 보이지는 않았지만 두더지는 어떤 위대한 존재가 가까이에 있음을 알 수 있었다. 두더지는 어렵게 몸을 돌려 친구를 바라보았다. 물쥐 역시 머리를 숙이고 그 자리에 못박힌 듯이 서서 걷잡을 수 없이 떨고 있었다.

두더지는 감히 시선을 들어올릴 수도 없을 것 같았다. 그 피리 소리는 나지막해지고 있었지만, 그들을 부르는 소리는 아직도 압도적이고 거역할 수 없는 힘을 발휘했다. 몰래 숨어서 그 피리를 부는 누군가를 한 번만이라도 볼 수 있다면, 죽음이 그를 보는 순간 후려치려고 기다린다 할지라도 그 부름에는 거역할 수 없었다.

두더지는 떨면서도 순종했고 미약한 그의 머리를 들어올렸다. 새벽이 찾아와 밝아지는 그 가운데서 믿을 수 없을 정도의 화려한 색깔을 되찾아가던 자연도 그 순간만큼은 숨을 죽이고 있었다.

그는 친구이자 구조자의 눈으로 살펴보았다. 뒤쪽으로 굽은 뿔이 점점 밝아지는 빛을 받아 반짝이는 것을, 위에서 그들을 내려다보는 반짝이는 애정이 깃든 눈 사이에 있는 단단하고 구부러진 코를, 살짝 미소 지으며 약간 벌어진 수염 투성이의 입을, 넓은 양쪽 가슴을 가로지른 근육이 꿈틀거리는 팔을, 방금 입술을 뗀 팬 파이프(관을 붙여 만든 원시적인 피리)를 잡고 있는 나긋나긋하고 긴 손을 보았다. 또한 잔디밭 위에 당당하게 앉아 우아하게 오므리고 있는 다리를, 그리고 마지막으로, 바로 그 사이에 만족해 하며 평화롭게 잠들어 있는 땅딸막하고 둥글둥글한 어린 수달을 보았다.

한순간 두더지는 숨도 제대로 못 쉰 채 아침 하늘 아래에서 이 모든 것을 생생하게 보았다. 그는 움직이지 않는 듯 보였지만 살아 있었다. 그가 살아 있는 존재라는 것에 대해 두더지는 경이로움을 느꼈다.

"물쥐야."

마침내 다시 숨을 쉴 수 있게 된 두더지가 속삭였다.

"너 두렵니?"

"두렵다니?"

이렇게 되묻는 물쥐의 눈은 말로는 표현할 수 없는 사랑으로 반짝였다.

"두렵다고? 어린 포틀리가? 아냐, 아냐, 절대로 아냐. 그렇지만, 그렇지만 오, 두더지야, 네 말이 맞아."

두 동물은 그 자리에서 몸을 웅크리고 머리를 조아리며 경의를 표했다.

갑자기 그리고 장엄하게 크고 둥그런 태양이 수평선 위로 올라와 그들을 비추었다. 첫 햇살이 초원에 퍼지며 두 동물의 눈을 사로잡아 어지럽게 뒤흔들었다. 그들이 다시 한 번 주위를 둘러볼 수 있게 되었을 때, 그 광경은 사라져 버렸고, 주위는 새벽을 끌어당기는 새들의 노랫소리로 채워져 있었다.

그들이 순간적으로 보았고, 그리고 사라져 버린 광경의 의미를 떠올리며 비참해 하면서 멍하니 바라보는 동안, 수면으로부터 불어오는 변덕 심한 산들바람은 사시나무를 지나치고, 이슬 젖은 장미를 흔든 다음, 그들의 얼굴을 가볍게 어루만져 주었다. 그리고 그 부드러운 바람의 손길은 일순간에 모든 것을 잊게 해주었다. 그 바람의 손길은 도움을 주기 위해 모습을 나타냈던 반신(半神)이 그의 모습을 보았던 자들에게 마지막으로 안겨 주는 최고의 선물이었던 것이다. 망각이라는 선물.

그렇지 않으면, 그 경외감 넘치는 추억은 그대로 남아 점점 커져서, 모든 기쁨과 즐거움을 덮어 버릴 것이다. 항상 머리에 맴도는 그 엄청난 기억에 작은 동물들은 곤경에서 도움을 받은 이후에 살아가기 힘들 것이다. 그들이 예전처럼 행복하고 마음 기볍게 살아갈 수 있도록 해주기 위해서이나.

두더지는 눈을 비비고 물쥐를 바라보았다. 그는 이상하다는 듯이 주위를 둘러보고 있었다.

"미안한데, 방금 뭐라고 했었니, 물쥐야?"

두더지가 물었다.

"내 생각을 얘기했던 것뿐일 거야."

물쥐가 천천히 말했다.

"여기는 아주 좋은 곳이고, 여기, 이 장소에서 우리는 그를 찾을 수 있을 거라고. 봐! 저기 그가 있어, 그 어린 친구!"

물쥐는 기쁨의 탄성을 지르며 잠들어 있는 포틀리에게로 뛰어갔다.

그러나 두더지는 아직도 생각에 잠겨 잠시 멈칫하였다. 갑자기 아름다운 꿈에서 깨어나 그 꿈을 회상해 보고, 희미해진 그 아름다움을 다시 잡아보려고 애쓰는 것처럼 생각에 잠겼다. 그러나 그런 때에도 그 아름다움을 회상할 수는 없고, 그 꿈을 꾸었던 동물은 이미 꿈에서 깨어났다는 냉혹한 현실을 받아들여야만 한다. 그래서 두더지도 그 찰나의 꿈을 회상해 보려고 애쓰다가, 마침내 서글프게 머리를 젓고 물쥐의 뒤를 따랐다.

포틀리는 과거에 자신과도 자주 놀아 주었던 아버지의 친구들을 보자 기쁨의 탄성을 지르며 일어나 팔딱팔딱 뛰었다. 그러나 그 순간이 지나자 포틀리의 얼굴은 멍해지고, 머리를 숙이고 낑낑거리며 주위를 맴돌았다. 보모의 품에 안겨 행복한 꿈을 꾸며 잠들었다가 깨어나 보니 낯선 곳에 혼자 있음을 깨닫고 구석을 뒤지고 찬장을 찾아다니고, 가슴 속의 절망이 점점 커지자 이 방 저 방으로 마구 뛰어다니는 어린아이처럼 포틀리는 섬을 뒤지고, 또 끈덕지게 계속 찾아다니다가 마침내 암흑의 순간에 부닥치자 모든 것을 포기하고, 주저앉아 비통하게 울다가 잠들었던 것이다.

두더지는 재빨리 어린 포틀리를 위로해 주었다. 그러나 물쥐

는 서성거리며 초원의 깊게 팬 자국을 오랫동안 바라보며 그 의미를 생각해 보았다.
"어떤…… 큰…… 동물이…… 여기 왔었나 보구나."
물쥐는 생각에 잠겨 천천히 중얼거렸다. 그리고 이내 다시 생각에 잠겼다. 그의 가슴 속은 이상하게도 소용돌이쳤다.
"빨리 가자, 물쥐야!"
두더지가 불렀다.
"여울목에서 불침번을 서고 있는 수달을 생각해 봐!"
포틀리는 물쥐 아저씨의 진짜 보트를 타게 된다는 생각에 곧 슬픔을 잊어버렸다. 두더지와 물쥐는 포틀리를 조심스럽게 보트에 태우고, 그들 사이에 안전하게 앉힌 다음 노를 저어 역수를 내려갔다.
이제 태양은 높이 떠올라 그들을 뜨겁게 비추었고, 새들은 힘차게 마음껏 노래를 불러댔고, 강둑 양쪽의 꽃들은 그들을 향해 미소지으며 머리를 숙여 인사했다. 그러나 웬지 — 두더지와 물쥐는 그렇게 생각했다 — 얼마 전에 어디에서 본 것만큼 풍요롭지는 않은 것 같았다. 그리고 그들은 어디서 그렇게 풍요로운 꽃들을 보았었는지를 궁금해 했다.
그들은 다시 강에 닿자 보트의 머리를 상류로 돌려 친구가 외로이 불침번을 서고 있는 곳으로 향했다. 낯익은 여울목에 가까이 왔을 때 두더지는 보트를 강둑에 대었다. 포틀리를 내려놓고, 배 끄는 길을 따라 혼자서 걸어가라고 한 후 포틀리의 등을 토닥이며 다정한 작별 인사를 하고, 다시 보트를 타고 강 중간으로 나왔다.

그들은 어린 포틀리가 길을 따라 뒤뚱거리며 걷는 모습을 보람을 느끼며 만족스럽게 바라보았다. 그 아이가 갑자기 코를 들고 벌름거린 다음, 무엇인가를 알아본 듯이 얼굴이 밝아지고 어기적거리던 걸음을 빨리할 때까지 지켜보았다. 위쪽을 올려다보니 여울목에서 웅크리고 앉아 굳어 버린 모습으로 멍하니 불침번을 서고 있던 수달이 갑자기 움직이는 것을 볼 수 있었다. 놀라움과 기쁨에 차 짖어대며 버드나무 사이에서 나와 길로 달려가는 모습도 볼 수 있었다.

그러자 두더지는 힘차게 노를 저어 배를 돌린 다음 거친 물살을 타고 빠른 속도로 하류로 내려가기 시작했다. 임무는 만족스럽게 끝났다.

"이상하게 피곤해, 물쥐야."

보트가 물살을 타고 내려가기 시작하자 두더지가 힘없이 노에 몸을 기대며 말했다.

"밤새 한잠도 못 자시 그렇다고 할 수도 있겠지만, 그건 아무것도 아니야. 매년 이맘 때면 일주일의 반은 그런 식으로 지내잖아. 그래서가 아니고, 나는 무언가 매우 흥분되고 두려운 일을 겪고 난 것만 같은 기분이야. 그 일이 방금 끝난 것 같은데, 특별한 일이라곤 전혀 없었잖아."

"그래, 무언가 매우 놀랍고 장엄하고 아름다운 일이었어."

물쥐가 몸을 뒤로 젖혀 보트 난간에 등을 기대고 눈을 감으며 말했다.

"나도 너하고 같은 느낌이야. 웬지 지독하게 피곤해. 그렇지만 몸이 피곤한 것은 아니야. 강물이 우리를 집으로 데려다 준다는 것은 우리에겐 행운이야. 뼛속까지 스며드는 듯한 햇살을 다시 느낄 수 있다니 기분 좋지 않니? 갈대밭을 스치고 지나가며 노래하는 바람 소리도 그렇고."

"음악 소리 같은데……. 멀리서 들려오는 음악 소리 같아."

두더지는 이렇게 말하며 천천히 머리를 끄덕였다.

"나도 그렇게 생각해."

물쥐가 꿈에 젖은 듯이 축 늘어져서 말했다.

"기운을 북돋아 주며 멈춤 없이 계속되는 경쾌한 춤곡……. 가사도 들어 있는 노래……. 나도 몇 마디는 알아들을 수 있을 것 같은 가사가……. 그러다가 다시 춤곡으로 바뀌고, 그리고 나서는 갈대가 부드럽고 가늘게 속삭이는 소리뿐이야."

"네가 나보다는 청각이 더 예민한 것 같구나."

물쥐가 안타깝다는 듯이 말했다.

"나는 가사는 알아들을 수가 없거든."

"그럼 내가 그대로 전해 줄까?"

물쥐는 눈을 감고 부드럽게 말했다.

"다시 가사가 들려오는구나. 희미하지만 명확하게 말이야. '경외감을 잃지 말아라……. 너의 장난기가 사라지고……. 남

을 도울 때에는 내 힘을 볼 수 있으리라……. 그 다음에는 잊어야만 하느니라.' 이제는 갈대가 이어받아 후렴을 노래하는데 '잊어야만 해, 잊어야만 해.' 이제는 속삭이는 소리로 변해가. 그 목소리가 다시 돌아왔어……."

물쥐가 다시 노래했다.

"'온몸으로 힘껏 도와라. 나는 설치된 덫을 막아 줄 테니 그 때 너는 나를 보게 되겠지. 그러다 너는 잊게 될 것이다.' 가까이 가 봐, 두더지야. 갈대밭으로 좀더 가까이 가 봐! 점점 소리가 작아져서 잘 들리지 않아!"

물쥐가 노래를 계속했다.

"'구원자나 치료사를 도와 준다네. 숲속의 어린 방랑자가 헤맬 때에 찾아내 상처를 치료해 주네. 이 모두를 잊으라 명령하네!'……. 가까이, 두더지야, 좀더 가까이! 아냐, 이제는 아무 소용 없어. 노랫소리가 갈대의 속삭임에 묻혀 버렸어."

"그 가사의 의미를 모르겠는데?"

두더지가 궁금해 하며 물었다.

"나도 모르겠어."

물쥐가 간단히 대답했다.

"나는 들리는 대로 너에게 전해 주었을 뿐이야. 아! 다시 들린다. 이번에는 크고 명확해! 마침내 진짜 노래처럼 들려! 소박하면서도, 정열적인 아주 멋진 노래야!"

"그럼 나도 들어봐야겠는데."

두더지는 이렇게 말하고서 그 다음 몇 분 동안을 반쯤 졸면서, 뜨거운 햇빛을 받으며 기다렸다.

그러나 아무런 대답도 들려오지 않았다. 두더지는 물쥐를 보고서 주위가 잠잠해진 이유를 알았다. 얼굴에 가득 행복한 미소를 머금고, 여전히 들려오는 소리를 귀기울여 듣는 듯한 표정으로 피곤에 지친 물쥐는 잠에 빠져 있었다.

8. 두꺼비의 모험

두꺼비는 자신이 눅눅하고 악취가 진동하는 차가운 감방에 갇힌 신세가 되었고, 자신과 햇빛 찬란한 바깥 세상 사이에는 음산한 중세 요새의 벽이 있다는 사실을 깨달았을 때, 마치 영국의 모든 도로를 소유한 것처럼 행복에 취해 마음껏 자동차로 달리던 고속도로가 있는 바깥 세상과는 냉혹하게 떨어져 있다는 사실을 깨달았을 때, 어두운 좌절에 빠져 모든 것을 포기하고 감방 바닥에 몸을 던지고 쓰라린 눈물을 흘렸다.

"이것으로 다 끝났어."

두꺼비는 흐느끼며 이렇게 중얼거렸다.

"최소한 두꺼비의 화려한 인생은 이걸로 끝이야. 모두 끝난 것이나 마찬가지이지. 인기 좋던 멋쟁이 두꺼비, 부유하고 자

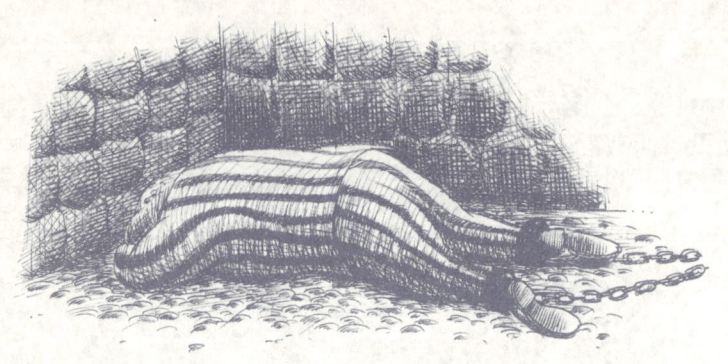

비롭던 두꺼비, 자유롭고 쾌활하고 태평스럽던 두꺼비! 내가 어떻게 예전 모습으로 되돌아갈 수 있다는 희망을 가질 수 있겠어."

두꺼비는 흘쩍거리며 계속 중얼거렸다.

"멋진 자동차를 훔치고, 어이없고 뻔뻔스럽게도 경찰관에게 대들기까지 했으니, 감방에 갇힌 것은 오히려 당연한 거야."

여기서는 너무 격렬하게 훌쩍거리느라 한동안 중얼거림은 끊어졌다.

"나는 정말 어리석은 동물이었어."

두꺼비가 다시 중얼거렸다.

"이제 나는 이 감방에서 괴롭게 지내는 수밖에 없어. 나를 안다고 자랑스럽게 말하던 동물들이 두꺼비라는 내 이름을 잊어버릴 때까지."

그는 계속 중얼거렸다.

"현명한 오소리가 그립구나. 영리하고 지성적인 물쥐도 그립고, 도리를 아는 두더지도 그리워. 그들은 모든 것을 올바르게 판단했어! 오, 친한 친구들과 함께 살 수 있다면……. 오, 버림받은 불쌍한 두꺼비!"

그는 몇 주일 동안 낮이고 밤이고 이런 한탄만 늘어놓으며 지냈다. 그동안 식사도, 가끔씩 허락되는 기분 전환을 위한 짧은 휴식 시간도 거부했다. 그럼에도 불구하고 두꺼비의 주머니가 두둑하다는 것을 알고 있는 간수는 가끔 적당한 돈만 주면 바깥 세상으로부터 맛있는 간식은 물론 사치품까지도 들여올 수 있다고 유혹했다.

그 간수에게는 딸이 있었다. 상냥하고 마음씨 고운 그 딸은 아버지의 일을 돕기도 했다. 그 소녀는 특히 동물을 좋아했다. 그녀는 카나리아가 사는 새장을 낮에는 벽에 걸어놓지만, 밤이면 저녁식사를 마친 죄수들이 시끄럽게 구는 것이 싫어 벽에서 떼어내 응접실의 의자에 갖다 놓는 수고도 아끼지 않았다. 또 얼룩무늬 생쥐도 몇 마리 길렀고, 쉬지 않고 수레를 돌리는 다람쥐도 키웠다. 이렇게 마음씨 고운 소녀는 비통해 하는 두꺼비를 안쓰럽게 여겨 어느 날 아버지에게 이렇게 말했다.

"아버지, 나는 그 가련한 동물이 그토록 비통해 하며 하루가 다르게 여위어 가는 것을 지켜볼 수가 없어요! 내 손으로라도 뭘 좀 먹이고, 일어나서 무엇이든지 하도록 해주고 싶어요."

그녀의 아버지는 마음대로 해보라고 대답했다. 그는 두꺼비에게 진절머리가 났다. 두꺼비의 무뚝뚝하고 젠 체하는 태도와 인색함이 싫었던 것이다. 어쨌든 그날 간수의 딸은 자비로운 마음으로 두꺼비의 감방 문을 노크했다.

"기운을 내요, 두꺼비."

소녀가 들어서며 위로의 말을 했다.

"일어나 앉아서 눈물을 닦고, 착하게 굴어요. 그리고 내가 가져온 음식을 조금 먹어 봐요. 오븐에서 금방 꺼내 아직 따뜻할 테니까 말이에요."

양배추, 감자, 쇠고기를 기름에 볶은 요리였다. 접시 두 개에 나누어 담은 그 요리에서 풍기는 냄새는 순간적으로 감방 내부를 채우며, 감방 바닥에 엎드려 울고 있는 두꺼비의 코를 괴롭혔다. 그 순간 두꺼비의 머릿속에는 인생이란 그가 생각하는 것처럼 공허하고 절망적인 것만은 아닐지도 모른다는 생각이 떠올랐다. 하지만 두꺼비는 짐짓 발버둥치면서 흐느끼며 소녀의 위로를 거부했다. 그러자 소녀는 현명하게도 감방에서 나왔다. 물론 맛있는 냄새가 풍기는 음식은 그대로 두고 나왔다.

두꺼비는 흐느끼는 틈틈이 코를 훌쩍이며 곰곰이 생각해 보았다. 마침내, 그 맛있는 음식 냄새 덕분에 그의 머릿속에는 그의 힘을 일깨워 주는 새로운 생각들이 떠오르기 시작했다. 기사들의 얘기, 시에 관한 생각, 해야 할 일, 넓은 초원, 거기에서 햇빛을 받고 바람을 쐬며 풀을 뜯는 젖소떼, 주방, 정원, 채소밭, 벌들에게 괴롭힘을 당하는 금어초, 위안을 주는 〈토드 홀〉의 식탁에 음식을 차리는 딸가닥거리는 소리, 동물들이 일을 마치고 돌아와 의자를 당기며 앉는 소리……. 이런 생각들을 하고 있으니 갑자기 감방 안이 장밋빛으로 변하는 것 같았다.

　두꺼비는 계속해서 친구들을 생각했다. 그들은 할 수 있는 일이 있었다면 분명히 해주었을 것이다. 변호사에 대해서도 생각했다. 변호사가 그의 사건을 맡았다면 잘 해결될 수도 있었을 것이라고 생각했다. 변호사를 고용하지 않았던 것은 자신의 실수라는 생각도 들었다. 마지막으로, 자신은 대단히 현명하고 유능한 동물이라는 생각이 떠올랐다. 무슨 일이든지 힘을 쏟기만 한다면 다 해낼 수 있다. 이런 생각이 들자 그의 상태는 완전히 치료되었다.

　몇 시간 후 소녀가 다시 들어왔다. 들고 온 쟁반에는 김이 모락모락 피어오르는 향기로운 차와 버터를 발라 구운 토스트가 담긴 접시가 놓여 있었다. 노랗게 버터를 바른 두툼한 토스트에서는 벌집에서 꿀이 흘러내리듯 버터가 흘러내렸다. 버터를 바른 토스트에서 풍기는 냄새는 분명한 목소리로 두꺼비에게 얘기를 해주는 것 같았다. 추운 날 오전 밝고 따뜻한 주방에서의 아침식사를, 겨울날 저녁 일을 마친 다음 슬리퍼를 신고 아늑한 주방에 앉아 벽난로 앞의 난로망에 발을 올려놓고 한가로움을 즐기는 시간을, 행복감에 젖어 있는 고양이의 가르릉거리는 소리를, 졸려 하는 카나리아가 지저귀는 소리를 얘기해 주는 것 같았다.

두꺼비는 한쪽 끝에 일어나 앉아 눈물을 닦고, 차를 마시며 토스트를 베어 물었다. 그리고 곧 자기 자신에 대해서, 자기가 살고 있는 집에 대해서, 거기에서 자기가 했던 일에 대해서, 자신은 대단히 큰 영향력을 가진 동물이며, 자신의 많은 친구들이 그를 어떻게 생각하는지를 얘기해 주었다.

간수의 딸은 차와 함께하는 그러한 얘기가 얼마나 두꺼비의 기운을 회복시켜 주는지 깨달았다. 그래서 소녀는 두꺼비가 얘기를 계속하도록 질문을 던졌다.

"토드 홀에 대해 얘기해 줄래요?"

그녀가 말했다.

"아름다운 집일 것 같군요."

"토드 홀은……"

두꺼비가 자랑스러워하며 말했다.

"모든 것이 갖추어져 신사에게는 더없이 바람직한 저택이지. 14세기에 건축된 매우 독특한 건축물이고. 오래된 건축물이긴 하지만 최신 위생 설비 등이 다 갖추어져 있고, 교회, 우체국, 골프장도 아주 가까이 있지. 그러니 신사에게는……"

"허풍이 대단하시군요."

소녀가 웃으며 말했다.

"나는 믿을 수가 없어요. 좀 사실처럼 들리는 얘기를 해보세요. 하지만 먼저 차와 토스트를 더 가져다 드릴게요."

그녀는 다시 감방을 나갔다가 새로운 차와 토스트가 놓인 쟁반을 들고 돌아왔고, 그것을 게걸스럽게 먹은 두꺼비는 기분이 평상시의 수준으로 되돌아와 소녀에게 보트 창고에 대한 얘기부터 들려주기 시작했다. 그 얘기는 물고기가 자라는 연못에 대한 얘기, 담장이 둘러쳐진 주방 정원과 닭장에 대한 얘기, 돼지우리와 마구간과 비둘기집에 대한 얘기, 목장과 세탁장 그리고 중국 찬장에 대한 얘기, 린넨 식탁보에 관한 얘기(소녀는 이 얘기에 가장 관심을 보였다)로 이어졌다. 그리고 그 집에 다른 동물들이 모였을 때 두꺼비가 상석에 앉아 있는 동안 노래를 부르기도 하고 얘기를 나누기도 하며, 보내는 즐거운 시간에 대한 얘기를, 다른 동물들의 생활에 대한 얘기도 하는 등 그의 얘기는 끝없이 이어졌다.

소녀는 그의 얘기를 들으며 자신이 애완 동물을 좋아한다는 얘기는 하지 않았다. 그 얘기를 들으면 두꺼비는 심한 모욕을 느끼리라 생각했기 때문이었다.

소녀가 두꺼비를 위해 물병을 준비하고 빨대를 꽂아 준 다음 밤인사를 하고 나간 후, 두꺼비는 쾌활한 모습을 되찾았다. 예전의 자기 만족에 취한 동물로 돌아왔다. 그리고 디너파티 때마다 불렀던 노래를 흥얼거린 다음, 밀집 위에 누워 모처럼 즐거운 꿈을 꾸며 푹 잠들었다.
 그 이후 그들은 많은 얘기를 나누었고, 그 덕분에 끔찍한 날들이 물 흐르는 것처럼 빠른 속도로 흘러갔고, 간수의 딸은 점점 두꺼비가 안됐다는 생각을 굳히게 되었다. 대단치도 않은 죄를 지은 — 최소한 그녀가 보기에는 그랬다 — 조그만 동물을 가둔다는 것은 대단히 잘못된 일이라고도 생각하였다.
 하지만 두꺼비는 자만심에 취해, 그 소녀가 자신을 좋아하여 관심이 많은 거라고 생각했다. 두꺼비는 그들 사이의 사회적 차이가 너무 크다는 게 안타까울 따름이었다. 그 아리따운 시골 소녀가 자신을 존경하는 것이 분명하다고 생각했기 때문이었다.
 어느 날 오전 소녀는 깊은 생각에 잠겨 두꺼비의 얘기에 제대로 대꾸하지도 못했다. 그의 재치있는 얘기와 날카로운 비평에도 아무런 반응을 보이지 않자, 두꺼비는 소녀가 자신에 대한 관심을 잃은 것이 아닌지 걱정했다.
 "두꺼비 아저씨."
소녀가 말했다.
 "그냥 듣기만 하세요. 우리 아주머니 한 분은 세탁부예요."
 "저런, 저런."
두꺼비가 호의적이고 친절하게 말했다.
 "하지만 그런 일로 마음 아파할 거야 없지. 내 친척 중에도 비슷한 처지에 놓여 있는 분들이 많으니까."

"잠깐만이라도 입 좀 다물고 계세요."
소녀가 말했다.
"아저씨는 말이 너무 많은 게 큰 단점이에요. 생각을 좀 하려는데 아저씨가 내 머리를 어지럽히고 있다구요. 방금 전에도 얘기했지만, 우리 아주머니 한 분이 세탁부로 일하세요. 우리 가족은 누구나 돈버는 일을 하려고 하니까요. 그 아주머니가 하시는 일은 이 성에 갇혀 있는 모든 죄수들의 옷을 세탁하는 거예요. 월요일 오전에 세탁물을 받아가서 화요일 저녁에 가져와요. 오늘은 목요일이고요.
이건 제 생각인데요, 아저씨는 부자라면서요. ― 최소한 아저씨는 그렇게 얘기했잖아요. ― 그 아주머니는 매우 가난해요. 아저씨에게 몇 파운드는 별거 아니겠지만, 그 분에게는 큰 돈이에요. 그래서 얘기인데요, 아주머니에게 적절히 접근하기만 하면, 어른들이 쓰는 말로 매수할 수 있을 거예요. 잘 합의해서 그 아주머니의 옷과 모자를 얻어 여자 세탁부로 가장한 다음 이 성을 빠져나가라구요. 아저씨와 아주머니는 여러 가지 면에서 닮은 데가 많으니 가능할 거예요. 특히 외모가 비슷하니까요."
"아닌데."
두꺼비가 어이없어 하며 말했다.
"나는 대단히 귀족적인 모습이야. 모두들 그렇게 말하지."
"우리 아주머니도 그래요."

소녀가 반박했다.

"모두들 그렇게 말한다니까요. 도대체 아저씨는 고마워할 줄도 모르는군요. 내가 아저씨 처지를 불쌍히 여겨서 도와 주려고 이러는데, 도대체 무슨 말이 그래요?"

"오, 오, 그래, 네 말이 맞다. 나는 진심으로 네게 감사하고 있어."

두꺼비가 다급하게 말했다.

"그렇지만 말이다, 너는 토드 홀의 미스터 두꺼비를 여자 세탁부 모습으로 다니게 하려는 건 아니겠지?"

"그럼 여기서 그냥 미스터 두꺼비로 지내세요."

소녀가 화를 내며 대답했다.

"대형 4륜 마차를 타고 나가고 싶으신가요?"

두꺼비는 한 편으로는 정직한 성격도 있었기에, 자신이 잘못하면 즉시 사과했다.

"그래, 네 생각이 옳다."

두꺼비기 말했다.

"나는 진실로 자만심에 가득찬 어리석은 두꺼비였어. 네 훌륭한 아주머니를 소개해 주면 고맙겠구나. 그러면 나는 네 아주머니를 만족스럽게 해드리고, 그 분의 훌륭한 모습으로 변장하고 여기를 빠져나갈 수 있을 거야."

다음날 소녀는 일주일 분량의 세탁물을 가져오는 것처럼 가장한 자신의 아주머니를 데리고 두꺼비의 감방으로 들어왔다.

그 여자 세탁부는 이미 얘기를 들어서, 두꺼비가 테이블 위에 금화 몇 개를 꺼내 놓자 그것으로 일은 결정되었다. 더 이상 할 얘기도 별로 없었다. 두꺼비는 돈을 내놓는 대가로 싸구려 무명 드레스와 앞치마 그리고 검은색 납작모자를 얻었다.

그 여자 세탁부가 이상한 조건을 제시했다. 자신을 재갈을 물리고, 줄로 묶어 한쪽 구석에 처박아두어야 한다는 조건이었다. 그렇게 해놓으면 나중에 그녀가 적당한 얘기를 덧붙여 — 언뜻 보기에도 의심을 받기에 충분한 사건이지만 — 자신은 빠져나갈 수 있을 거라는 설명도 덧붙였다.

두꺼비는 그 제안을 기쁘게 받아들였다. 그에게는 영웅적인 탈출을 했다는 자랑거리를 안겨 줄 것이기 때문이었다. 그러면 그에게 붙여진 '필사적이고 위험한 동물'이라는 명성이 퇴색하지도 않는다. 두꺼비는 간수의 딸이 여자 세탁부에게 재갈을 물리고, 몸을 묶는 것을 도와 주었다. 가능한 한 세탁부를 그녀로서는 어찌할 수 없었던 상황의 피해자처럼 보이게 연출했다.

"이제 아저씨 차례예요."

소녀가 말했다.

"상의와 조끼를 벗으세요. 그걸 모두 입고 아주머니의 옷을 껴입기에는 너무 뚱뚱하시잖아요."

소녀는 웃음을 참지 못하면서도 두꺼비의 옷을 벗기고, 아주머니의 옷으로 갈아입혔다. 그리고 익숙한 솜씨로 숄을 걸쳐 주고, 낡은 납작모자의 끈을 묶어 주었다.

그녀가 키득거리며 말했다.

"아주머니하고 똑같아요. 아저씨가 항상 얘기하던 존경받던 동물의 모습은 전혀 찾아볼 수가 없어요. 그럼 잘 가세요, 두꺼비 아저씨, 행운을 빌어요. 아저씨가 왔던 길로 똑바로 가세요. 그리고 누가 말을 걸어오면, 그럴 가능성이 많아요, 겁내지 말고 적당히 대꾸해 주세요. 하지만 아저씨는 과부라는 사실을 잊지 마시고요."

두꺼비는 가슴이 몹시 두근거렸지만, 온 신경을 기울여 힘차게 가장 무모하고 경솔한 모험으로 들어섰다. 하지만 그는 곧 모든 일이 놀랍도록 순조롭게 풀려 간다는 것을 깨달았다.

자신이 대단한 동물이고 또 남자여서 걱정했지만, 전혀 걱정할 필요도 없는 문제였다. 여자 세탁부의 무명 드레스를 입고 있는 땅딸막한 모습은 창살이 쳐진 모든 출입문과 음산한 통로에서 통행증이 되어 주었다. 어느 방향으로 가야 할지 몰라 망설일 때에는 다음 출입문의 간수가 그를 도와 주기까지 했다. 교대 시간을 놓칠까 봐 걱정하는 간수가 꾸물거리지 말고 나오라고 짜증스럽게 소리치기도 했던 것이다. 두꺼비에게 던지는 간단한 인사나 농담에 적절히 대꾸해 주는 게 힘들었다. 두꺼비는 항상 위엄을 지키려는 동물이었는데, 그들이 던지는 농담은 (두꺼비가 생각하기에) 진정한 유머를 모르는 질 낮은 것이었기 때문이었다.

어떻든 그는 자제력을 잃지 않았다. 어렵게나마 동료들과 자

신이 가장하고 있는 역할에 어울리게 적당히 대꾸하고, 그의 진정한 유머 감각이 나타나는 수준 높은 농담은 하지 않으려고 최선을 다했다.

두꺼비가 마지막 초소에서 부르는 것을 거절하고, 마지막 간수가 내민 손을 밀치고 대신에 가볍게 포옹하며 인사한 다음, 마지막으로 안뜰을 통과해 밖으로 나오기까지 몇 시간이나 걸린 것 같았다. 마침내 두꺼비가 밖으로 나오고 정문의 작은 출입문이 닫히는 소리를 듣게 되었을 때, 걱정에 싸여 있던 얼굴에 바깥 세상의 신선한 공기가 닿자 그는 자신이 자유를 되찾았다는 사실을 깨달았다.

무모한 모험이었지만 너무도 쉽게 성공해 오히려 아찔하기까지 했지만, 마을의 불빛을 향해 걸음을 빨리했다. 거기에 닿으면 어떻게 해야 할지 몰랐다. 단 한 가지, 자신을 변장시켜 준 여인을 잘 알고 있는 마을로부터 가능한 한 빨리 빠져나가야 한다는 점만은 분명히 알고 있었다.

두꺼비가 생각에 잠겨 걷는 동안, 그의 시선은 약간 떨어진 마을 끝의 빨강색과 파랑색 불빛에 끌렸다. 기관차가 칙칙폭폭거리는 소리와 객차와 연결될 때의 요란한 소리도 들려왔다.

두꺼비의 머리는 재빠르게 돌아갔다.

"아하! 이건 행운인데. 지금 이 순간 이 세상에서 무엇보다도 나에게 필요한 것이 기차역이야. 더욱이 마을을 통과해야 할 필요도 없잖아. 이 창피한 모습을 가리기 위해 저질스런 농담을 반복해야 할 필요도 없고. 더 이상 초라한 여자를 흉내내야 할 필요도 없잖아!"

두꺼비는 바로 기차역으로 가서 기차 시간표를 보고, 그의 집이 있는 방향으로 떠나는 기차가 30분 후에 출발한다는 사실을 알게 되었다.

"이건 더 큰 행운이야!"

두꺼비는 상기되어 기차표를 사기 위해 매표 창구로 갔다.

두꺼비는 역무원에게 토드 홀이 중심이 되는 마을에서 가장 가까운 역의 이름을 얘기한 다음, 필요한 돈을 꺼내기 위해 습관적으로 조끼 주머니가 있어야 하는 곳에 손가락을 집어넣으려 했다. 그러나 지금 두꺼비가 입고 있는 것은 무명 드레스였다. 이제까지 두꺼비를 성공적으로 여자 세탁부의 모습으로 변장시켜 주었지만, 순간적으로 그 사실을 잊었던 것이다.

당황한 두꺼비는 악몽을 꾸듯이 어색하기만 한 드레스의 여기저기를 마구 뒤졌다. 어색하게 웃기는 했지만 온 몸에서는 식은땀이 흘렀다. 그의 뒤로 줄을 서 있던 다른 여행객들은 짜증을 내며 아무런 소용도 없는 충고를 해주었다. 약간은 빈정거리는 듯한 말들을 퍼붓기도 했다.

마침내 어떻게인지는 모르지만 — 두꺼비로서는 어떻게 그럴 수 있었는지 전혀 알 수 없었다 — 손가락을 가로막던 무명 드레스를 헤집고 조끼 주머니가 있어야 하는 곳에 손이 닿았다. 하지만 돈뿐만 아니라, 돈이 들어 있는 주머니도 없고, 주머니가 달려 있는 조끼를 입고 있지도 않다는 것을 깨달았다!

두렵게도 상의와 조끼를 감방에 벗어 놓고 나왔다는 사실이 떠올랐다. 돈뿐만 아니라 수첩, 열쇠, 성냥, 필통 등 인생을 편하게 살 수 있게 해주는 모든 것이 거기에 들어 있는데! 주머니가 없는 동물은 여행을 허락받을 수도 없고, 또 주머니는 진정한 경쟁을 벌일 수 있는 장비가 되어 주는데, 그것을 안 가지고 나온 것이다!

두꺼비는 비참한 가운데에도 자신의 목적을 이루기 위해 필사적으로 노력했다. 지주와 대학 교수의 태도가 혼합된 자신의 몸에 익은 예전의 태도로 돌아와 역무원에게 당당하게 얘기한 것이다.

"여보게, 깜박 잊고 지갑을 안 가지고 나왔네. 그냥 표를 주게. 그러면 내일 돈을 보내주겠네. 나는 이 근처에선 유명 인사 아닌가."

역무원은 낡은 검은색 납작모자를 쓰고 있는 두꺼비의 모습을 살펴본 다음 웃으면서 말했다.

"앞으로 이 지역에선 유명 인사가 되실 수도 있겠군요. 이런 장난을 자주 하실 생각이라면 말입니다. 자, 정중하게 말씀드릴 때 매표구에서 비켜서시지요, 마담. 뒤에서 기다리는 여행객들에게 폐가 되지 않습니까."

두꺼비의 바로 뒤편에서 한동안 짜증스럽게 기다리고 있던 노신사 한 사람이 그를 밀치며, 자신의 정부(情婦)가 되어 볼 생각 없느냐고 물었고, 그 일은 그날 겪었던 그 어떤 사건보다도 두꺼비를 화나게 했다.

당황하고 좌절한 두꺼비는 하염없이 기차가 서 있는 플랫폼을 거닐었다. 양쪽 콧등으로는 눈물이 흘러내리기도 했다. 두꺼비로서는 견디기 어려운 상황이었다. 안전한 지역을, 또 집을 얼마 남겨 놓지 않고, 몇 푼 안 되는 돈 때문에 의심 많은 하급 관리에게 혹독하게 당한 것이다.

그의 탈출은 곧 발각될 것이다. 그러면 추적이 시작되고, 두꺼비는 곧 체포되어 추가로 벌을 받고, 감방에서 쇠사슬에 묶여 빵과 물만 먹으며 살아야 할 것이다. 또한 두꺼비를 도와 준 소녀는 냉소적인 태도로 그를 바라볼 것이다.

어떻게 해야 하는가? 두꺼비는 빨리 달리지 못한다. 게다가 두꺼비의 모습은 너무도 알아보기 쉽다. 객차의 좌석 밑으로 들어가 숨어 있을 수는 없을까? 학교 다닐 때 부모가 준 교통비를 다른 데로 빼돌린 아이들이 그런 식으로 기차를 타고 다니는 것을 본 적이 있다. 여러 가지 생각을 하는 동안 두꺼비는 자신이 기관차 옆에 서 있었음을 깨달았다. 한 손에는 기름통을, 다른 손에는 걸레를 들고 기관차를 닦고 있는 기관사도 보였다.

기관사가 말했다.
"여, 아주머니. 무슨 문제라도 있으십니까?"
"예."

두꺼비는 또다시 훌쩍였다.

"나는 너무도 불행한 세탁부예요. 돈을 모두 잃어버려서 기차표도 살 수 없게 되었어요. 오늘 밤까지는 어떻게든지 집에 가야 하는데 말이에요. 어떻게 해야 할지 모르겠어요, 오, 어떻게 해……"

기관사가 두꺼비의 입장을 동정하며 말했다.

"그거 안됐군요. 돈을 잃어서 집에도 갈 수 없다니. 아마 당신을 기다리는 애들도 있겠지요?"

"애들이 한둘이어야 말이죠."

두꺼비가 흐느꼈다.

"배도 고프겠지요. 성냥을 가지고 놀다가 등을 엎지르기라도 하면……. 오, 애들아……. 끊임없이 싸움판을 벌이는 애들인데, 오, 어떻게……"

선량한 마음씨를 지닌 기관사가 말했다.

"정 그러시다면, 내가 한 가지 방법을 얘기해 드리지요. 당신은 생업이 세탁부 아닙니까. 그렇다면 좋습니다. 나는 당신이 보는 바와 같이 기관사이지요. 지저분한 일을 하는 직업을 가진 사람이라구요. 게다가 우리 집사람은 빨래하는 데 지쳐 있으니, 당신이 내 작업복을 빨아 주면 어떻겠소? 당신 집에 도착하면 내 작업복을 빨아서 보내 달라는 얘기요. 그렇게 하겠다면 기관차에 당신을 태워 주겠소. 우리 회사의 규칙에는 어긋나는 일이지만, 자주 있는 일도 아니고 하니 괜찮을 거요."

기다렸다는 듯이 기관차의 운전실로 올라가면서 두꺼비의 비참했던 기분은 기쁨으로 바뀌었다. 물론 두꺼비는 이제까지 살아오며 단 한 번도 세탁을 해본 적이 없었다. 또 해보려고 한다 해도 할 줄을 몰랐다. 어쨌든 두꺼비는 세탁하는 법을 배울 생각도 없었다.

'토드 홀에 도착하여 주머니에 돈이 들어오면 누군가에게 충분한 돈을 주고 세탁을 시키겠어. 그런 다음 보내주는 거야. 그래서는 안 될 것도 없잖아. 기관사는 오히려 더 좋아할걸.'

역무원은 출발 신호로 깃발을 흔들었고, 기관사는 기적을 울려 대답했다. 기차는 곧 역을 빠져나갔다.

기차는 점점 빨리 달리기 시작했고, 두꺼비는 양쪽으로 그를 스치고 지나가는 들판과 나무, 울타리, 젖소, 말을 볼 수 있었다. 그러는 동안 두꺼비의 머릿속에는 토드 홀에 점점 가까이 간다는 생각만 떠올랐다. 그를 걱정하던 친구들을 만나게 되고, 주머니에는 다시 돈을 가득 채울 수 있고, 푹신한 침대에서 자고, 맛있는 식사를 하며, 그의 모험담을 들려주면 친구들은 감탄을 금치 못하고 그의 현명함을 칭찬할 것이다.

두꺼비는 기쁨에 넘쳐 팔짝팔짝 뛰며 소리를 지르고 노래를 불렀다. 기관사는 그러한 두꺼비의 모습을 보면서 놀랐다. 세탁부라고만 알고 있는 여자가 갑자기 너무도 이상하게 변했기 때문이었다.

그래도 기차는 계속 달려 상당히 멀리까지 왔고, 두꺼비는 이미 토드 홀에 돌아가면 저녁식사로 무엇을 먹을지를 생각하고 있었다. 그러던 중 두꺼비는 갑자기 기관사의 얼굴에 의아해 하는 표정이 떠오른 것을 볼 수 있었다. 기관사가 창문 밖으로 머리를 내밀고 뒤편에서 들려오는 소리에 귀를 기울여 보기도 했다. 기관사는 석탄더미 위로 올라가 기관차 위에 서서 뒤를 바라보았다. 그리고 다시 내려와 두꺼비에게 말했다.

"이상한 일인데요. 이 기차가 오늘 밤의 마지막 기차인데, 또다른 기차가 우리 뒤를 따르는 것이 분명해요."

두꺼비는 곧 괴상하고 경솔했던 행동을 중지했고, 걱정에 싸여 침울해졌다. 둔탁한 고통이 허리의 밑부분에서 시작되더니 다리로 이어져 아무 데라도 앉아야 했다. 그리고 무서운 가능성을 생각하지 않으려고 머리를 저었다.

이때 달이 떠올라 세상을 밝게 비추었다. 계속 석탄을 퍼넣던 기관사는 그들의 뒤편을 멀리까지 볼 수 있었다.

다시 앞으로 시선을 돌린 기관사가 말했다.

"이젠 분명히 볼 수 있어! 기관차 한 대가 매우 빠른 속도로 우리를 쫓아오고 있어. 우리를 추적하는 것 같아!"

비참해진 두꺼비는 석탄더미 위에 쪼그리고 앉아 어떻게 해야 할지를 생각했다. 절망적인 상황이었다.

기관사가 소리 질렀다.

"굉장히 빠른 속도로 우리를 쫓아오고 있어! 그 기관차에는 사람들이 많이 타고 있고! 미늘창을 흔들고 있는 전통 복장의 간수도 보이고, 헬멧을 쓰고 경찰봉을 흔드는 경찰관도 보여. 그리고 납작한 모자를 쓰고 초라한 옷을 입고 있는 사람도 보이고. 그 사람은 분명히 사복 형사야. 멀기는 하지만 권총과 지팡이를 마구 흔들어대고 있는 모습을 분명히 볼 수 있는데. 모두가 마구 흔들어대며 '정지! 정지!' 하며 소리치고 있어."

그때 두꺼비는 석탄더미 위에서 무릎을 꿇고 앞발을 모아쥐고 애원했다.

"나를 구해 주세요, 제발 구해 주세요, 기관사 아저씨. 모두 고백할게요. 나는 겉으로 보이는 것처럼 여자 세탁부는 아니에요. 나를 기다리는 아이들도 없구요. 나는 두꺼비예요. 우리 구역에서는 인기 좋은 신사, 미스터 두꺼비예요. 그리고 적들에 의해 감금되어 있던 감옥에서 방금 머리를 써서 탈출해 나온 거예요. 우리를 쫓아오는 기관차가 있다면, 나를 잡으러 오는 것이 분명해요. 그러면 나는 다시 감방에 갇혀 빵과 물만 먹으며 살아야 해요. 아무런 죄도 없는 두꺼비가 말이에요."

기관사는 근엄하게 두꺼비를 굽어 보며 말했다.

"그럼 사실대로 말해 봐라. 너는 무슨 죄를 지었느냐?"

불쌍한 두꺼비가 얼굴을 붉히며 말했다.

"별것도 아닌 죄예요. 단지 주인이 점심식사를 하는 동안 자동차 한 대를 빌렸을 뿐이에요. 그동안은 그걸 사용할 일도 없잖아요. 절대로 훔칠 생각은 없었어요. 그런데도 사람들은 — 특히 치안판사는 — 이상한 선입견을 가지고 있어서 중벌을 내

린 거예요."

　기관사는 매우 근엄한 표정을 지으며 말했다.

　"나는 네가 진짜로 몹쓸 짓을 한 두꺼비가 아닌지 걱정되는구나. 너를 경찰에 넘겨 주는 것이 옳겠지만, 너는 많은 고생을 한 것 같구나. 그러니 너를 그렇게까지 냉혹하게 처리하지는 않겠다. 그리고 내 기관차에서 너를 경찰에게 넘겨 그들이 너를 끌고가는 광경을 보기가 싫어. 동물이 눈물을 흘리며 사정하면 갑자기 마음이 약해지거든. 그러니 기운을 내, 두꺼비야! 내가 최선을 다해 보겠다. 그러면 저들을 따돌릴 수 있을지도 모르겠다."

　그들은 미친 듯이 석탄을 퍼부었다. 노(爐)가 달아오르고, 불꽃이 튀며 엔진은 숨가쁘게 돌아갔다. 하지만 추적자들과의 거리는 점점 좁혀지기만 했다. 기관사는 한숨을 쉬며 수건으로 이마에 흘러내린 땀을 닦았다.

　"아무런 소용도 없는 것 같구나, 두꺼비야. 저들은 기관차를 타고 가볍게 달려오잖니. 게다가 이 기관차보다 성능도 좋은 기관차이고. 이제 단 한 가지 방법밖에 안 남았다. 너에게 남은 유일한 기회야. 그러니 내가 하는 말을 잘 들어라. 조금만 더 가면 긴 터널이 나와. 철도의 양편은 무성한 숲이고. 터널을 지나는 동안 나는 가능한 최고 속도로 달리겠지만 추적자들은 사고가 날지도 모르니까 자연히 속도를 줄일 거야. 우리가 터널을 나오면, 나는 즉시 브레이크를 걸어 최대한 속도를 줄일 테

니, 너는 그때 뛰어내려서 숲 속에 숨어. 추적자들이 터널을 통과해 너를 보기 전에 말이다. 그러면 나는 다시 속도를 높이겠다. 추적자들이 다시 우리 기관차를 따라잡고 싶다면 그럴 수 있겠지. 여기서부터 상당히 멀리 간 다음에 말이다. 그러니 너는 내가 말하면 지체없이 뛰어내려야 해!"

그들은 더 많은 석탄을 집어넣었고, 기차는 더욱 빠른 속도로 터널 속으로 들어섰다. 한동안 기차 지나가는 소리가 울려 터널 속은 마구 흔들렸지만 그들은 곧 반대쪽의 달빛 비치는 평화로운 풍경 속으로 나왔다. 양쪽 옆으로 펼쳐진 숲이 뚜렷하게 보였다. 추적자들의 눈을 피해 얼마든지 몸을 숨길 수 있는 숲이었다.

기관사는 증기를 차단하고 브레이크를 걸었다. 계단 위에 있던 두꺼비는 기차의 속도가 걷는 속도로까지 늦추어졌을 때 기관사의 고함소리를 들을 수 있었다.

"뛰어내려!"

기차에서 뛰어내린 두꺼비는 몇 번 구르기는 했으나 다친 곳 없이 곧 몸을 일으켜 숲속으로 들어갔다.

두꺼비는 숲에서 기차가 속도를 높이고 매우 빠른 속도로 멀어져 가는 것을 보았다. 그때 추적자들이 탄 기관차가 우르릉거리고 기적을 울리며 터널을 나왔고, 그 기관차에 타고 있는 사람들은 갖가지 무기를 흔들며 소리쳤다.

"정지! 정지!"

그들이 지나간 다음 두꺼비는 웃음을 터뜨렸다. 감방에 갇힌 이후로 처음인 통쾌한 웃음이었다.

그러나 곧 늦은 시간이라 어둡고 추운데, 자신은 낯선 숲 속에 들어와 있다는 사실을 깨달으며 웃음을 그칠 수밖에 없었다. 돈이 없으니 저녁식사를 할 수도 없고, 아직 친구들이나 집까지는 멀기만 했다. 그리고 천둥소리와도 같았던 기차 소리 다음에 이어지는 적막은 오히려 커다란 충격을 안겨 주었다. 하지만 숲 속이라는 은신처를 떠날 수 없었다.

두꺼비는 철도와는 가능한 한 멀리 떨어져야 한다고 생각하며 숲 속으로 깊이 들어갔다.

오랜 기간을 감방에서 지내고 나와 보니, 숲은 그동안 이상하게 낯설게 느껴졌다. 자연스럽게 울어대는 쏙독새의 울음소리를 듣노라니, 두꺼비는 간수들이 숲 속으로 들어와 포위망을 치고 점점 좁혀 온다는 생각이 들었다. 부엉이 한 마리가 나지막하게 날며 날개로 그의 어깨를 스치고 지나갔다. 순간 두꺼비는 누군가 뒤에서 그의 어깨를 움켜잡으려는 것 같아 비명을 지르며 그 자리에 납작 엎드렸다. 그러자 부엉이는 나지막하게 웃어대며 멀리 날아갔고 두꺼비는 못된 새라고 생각하였다. 한번은 여우를 만나기도 했다. 여우는 비웃는 듯한 태도로 두꺼비의 위 아래를 훑어 본 다음 이렇게 말했다.

"오, 여자 세탁부! 이번 주에는 양말 한 짝하고 베갯잇 하나가 모자라. 이런 일이 다시 일어나지 않게 명심하도록!"

그런 다음 배꼽을 잡고 웃느라 비틀거리며 그에게서 멀어졌다. 두꺼비는 여우를 향해 던질 만한 돌을 찾았지만 적당한 돌을 찾을 수 없었다. 그게 너무나 화가 났다.

두꺼비는 마침내 굶주림과 추위와 피로가 밀려오자 나무 밑의 움푹한 곳에 자리를 잡았다. 그 곳에 나뭇가지와 마른 나뭇잎으로 가능한 한 편한 잠자리를 만들고 아침이 될 때까지 편안히 잤다.

9. 모두가 나그네

 물쥐는 공연히 마음이 들떠 있었다. 그렇지만 스스로도 그 이유를 정확히 알지 못했다. 겉으로는 아직도 여름이 한창 장관을 이루고 있었다. 경작된 밭의 푸르름은 황금색으로 변해 가고, 마가목은 붉은색으로 옷을 갈아입기 시작했고, 숲 여기 저기도 황갈색으로 물들어 가고 있었다. 서늘한 기운은 느껴지지만, 아직도 밝게 비추는 햇살과 따뜻함, 색깔은 전혀 퇴색하지 않고 그대로였다.
 하지만 끊이지 않는 과일나무와 울타리 나무의 합창은 몇몇 지치지 않은 연주자의 가벼운 저녁 노래로 바뀌어 갔다. 울새도 돌아와서 그 여름의 화려함에 당당하게 끼여들기 시작했다.

9. 모두가 나그네

그리고 변화와 이별의 분위기가 느껴졌다. 뻐꾸기의 노랫소리는 물론 잠잠해진 지 오래이다. 몇 달 동안 친근한 풍경의 한 부분을 이루고, 그들만의 조그만 사회를 이루었던 날개 달린 많은 친구들도 점점 사라졌다. 날이 갈수록 그들의 숫자가 줄어드는 것 같았다.

날개 달린 친구들의 움직임을 유심히 살펴보던 물쥐는 그들이 매일매일 남쪽을 향해 가는 것을 볼 수 있었다. 밤에 침대에 누웠을 때조차도 날개 달린 친구들이 어둠에 가려진 하늘에서 절대적인 부름에 따라 날개를 펄럭이며 날아가는 광경을 확인할 수 있었다.

다른 것들과 마찬가지로 자연이라는 거대한 호텔도 분주해졌다. 손님들이 하나하나 짐을 꾸리고 계산을 마친 다음 떠나기 시작하고, 마음 아프게도 식사 때마다 점점 빈 테이블이 늘어나기 시작하였다. 연금으로 살아가는 몇몇 장기 투숙 동물들의 방만을 제외하고 하나하나 객실이 폐쇄되기 시작하자, 카펫을 걷고 다음 시즌이 돌아올 때까지 웨이터들을 내보냈다.

이러한 광경에 자극받은 날개 달린 친구들은 더욱 서둘러 작별 인사를 하고, 열심히 계획을 세워서 돌아가는 길과 새로운 경유지를 결정했다. 이렇게 해서 매일매일 친구들이 떠나는 물결이 이어진다. 덕분에 남아 있는 친구들은 동요하고, 침울해하며, 불평만 늘어놓는 경향을 보인다.

왜 변화를 갈망하는 것일까? 왜 우리처럼 조용히 여기에 남아 즐겁게 살지 못하는 것일까? 너희들은 손님이 없는 한가한 계절의 이 호텔의 이모저모를 모르지 않니. 한 해가 지나가는 걸 지켜보며 여기에 남아 있는 우리들에게 어떤 즐거움이 있는지 모르지 않니.

그것은 의심의 여지도 없는 사실이다. 그래서 그 친구들은 항상 이렇게 대답한다.

"우리는 너희들이 부러워. 그리고 언젠가는 우리도 남아 있을지도 모르겠어. 하지만 지금은 약속이 되어 있고, 문 앞에 버스가 와 있어 — 우리의 시간은 다 된 거야!"

그들은 이렇게 말하며 미소를 짓고 머리를 까딱하며 인사하고 떠난다. 그리고 남아 있는 우리들은 그들을 그리워하며 안타까워한다.

물쥐는 땅에 뿌리를 박고 자급자족하는 동물이다. 누가 떠나가도 그는 집을 지킨다. 그럼에도 하늘에서 어떤 광경이 벌어지고 있는지 살펴보지 않을 수 없었고, 그 영향력을 뼛속 깊이 느낄 수밖에 없었다.

날개 달린 친구들이 휠휠 날아 줄을 지어 떠나는 이런 때에는 그 어떤 일에도 조용히 앉아 몰두할 수가 없다. 물쥐는 물이 줄어들고 물살도 약해진 물가에서 무성히 자라는 골풀을 보며 강둑을 벗어났다. 그리고 풀들이 먼지를 뒤집어쓰고 머리를 숙인 것처럼 보이는 들판에 들어선 후 누런 색으로 변해 조금씩 움직이며 나지막하게 중얼거리는 밀밭으로 들어갔다.

물쥐는 가끔 이 곳에 들어와 여기저기 돌아보는 것을 좋아했다. 그들만의 누런 하늘을 머리에 이고 있는 강인한 줄기들을 헤치고 안으로 들어섰다. 그들만의 하늘, 언제나 춤을 추고 아른아른 빛나며 나지막하게 얘기하고, 바람이 지나갈 때는 휙 쓰러졌다가 제 모습으로 돌아와 머리를 젖히고 요란하게 웃어대는 그들만의 하늘…….

여기에도 물쥐의 친구들이 많이 있다. 그들만의 사회를 이루고 바쁘게 살아가면서도, 친구가 찾아오면 즐겁게 얘기할 줄 아는 친구들이다. 그렇지만 오늘은 교양이 있는 친구들임에도 불구하고 모두들 바쁘게 움직이기만 한다. 그 친구들, 들쥐들의 상당수는 땅을 파고 터널을 뚫기도 했으며, 또 다른 상당수의 들쥐들은 둥그렇게 모여서 창고 근처에 자리잡을 튼튼하면서도 살기 좋은 집을 짓기 위해 계획을 세우고 그림을 그렸다. 먼지로 덮인 트렁크와 옷바구니를 꺼내는 들쥐들도 있었고, 짐을 꾸리는 들쥐들도 보였다. 주위에는 온통 밀, 귀리, 보리, 땅콩 등등이 쌓여 있기도 했다. 그들은 새집을 지어 이사할 준비를 하고 있는 것이었다.

"여, 물쥐!"

그들은 그를 보자 반갑게 인사했다.

"그렇게 느긋하게 서 있지만 말고, 이리 와서 좀 도와 줘."

"너희들 도대체 뭘 하고 있는 거야?"

물쥐가 근엄하게 물었다.

"겨울 보금자리를 걱정하기에는 너무 이르잖아. 겨울은 아직 멀었는데 말이야."

들쥐 한 마리가 말했다.

"그건 우리도 알아. 하지만 일찍 준비하는 것이 좋잖아, 안 그래? 우리는 그 끔찍한 기계가 들어와 덜덜거리며 밭을 휩쓸기 전에 가구, 짐 그리고 식량 모두를 옮겨야 해. 그리고 너도 알겠지만, 요즘은 좋은 집은 빨리 차지해 놓아야 해. 늦으면 아무 데서나 살아야 하지. 어쨌든 새 집에 들어가 살려면 일이 많잖아. 물론 우리가 서두른다는 것은 알아. 하지만 이렇게 시작해 놓고 보는 거야."

물쥐가 말했다.

"이런 날 시작한다고? 이렇게 좋은 날? 그러지 말고 나와서 숲 속으로 야유회를 가든지, 최소한 울타리 나무 사이로 산책이라도 하자."

"고맙지만 오늘은 힘들 것 같은데."

들쥐가 다급하게 말했다.

"다른 날, 좀 여유가 있는 날이라면 또 모르겠는데……."

물쥐는 경멸의 코웃음을 친 다음 돌아서서 가려다가 모자 상자에 걸려 볼썽 사납게 고꾸라졌다.

"누구든지 조심성이 있어야 해."

들쥐가 설교하듯이 말했다.

"길을 잘 보고 움직여야지. 그러면 쓸데없이 다치는 일이라

곧 없을 거야. 내 말 항상 명심해, 물쥐야! 어디 좀 앉아 쉬어라. 한 시간이나 두 시간 후에는 너하고 얘기할 시간이 날 것 같으니까."

"크리스마스 전까지 너희에게 그럴 만한 시간은 단 한 순간도 없을걸."

물쥐는 퉁명스럽게 대꾸한 다음 밀밭을 나왔다.

물쥐는 약간 의기 소침해져서 강으로 돌아왔다. 절대로 짐을 꾸리거나 훨훨 날아 겨울 활동처로 날아갈 리가 없는 충직한 강으로 돌아왔다.

강가를 장식해 주는 버드나무 가지 사이로 물쥐는 제비들의 집을 훔쳐 보았다. 한 마리, 두 마리 그리고 또 한 마리가 날아와 큰 가지에 앉은 그들은 나지막하게 얘기를 시작했다.

물쥐가 그들을 향해 올라가며 물었다.

"뭐야, 벌써? 왜들 그렇게 서둘러? 나로서는 어리석다고밖에 할 수 없는데."

"오, 우리는 아직 안 떠나. 너 지금 그 얘기 하는 거지?"

첫번째 제비가 말했다.

"단지 계획을 세우고 준비를 할 뿐이야. 올해에는 어떤 길로 돌아가고, 어디에 들러 쉬느냐 등등의 얘기를 말이야. 그런 얘기만 해도 즐겁거든."

"즐겁다고?"

물쥐가 말했다.

"나는 바로 그 점을 이해하지 못하겠어. 너희들은 이제 갓 집을 완성해 입주했고, 또 여기에는 너희들을 그리워하는 친구들이 많이 있는데, 여러 가지로 좋은 이 곳을 떠나야 하는 것이 즐겁다고? 때가 되면 너희들은 마음을 굳게 먹고 출발해서 온갖 불편함과 어려움을 이겨내고, 변화와 새로운 것들을 받아들여야 하잖아. 나는 그런 여행은 생각만 해도 불행할 것 같아. 그런 얘기를 하는 것 자체도 싫을 거야. 그런데 너희들은 즐겁다고?"

두 번째 제비가 말했다.

"오, 너는 이해하지 못하는구나. 하지만 그러는 것도 당연하지. 우선 우리는 가슴 속에서 뭔가가 소용돌이치는 것을 느껴. 바로 달콤한 불안이지. 그리고서는 마치 집으로 돌아가는 비둘기처럼 하나하나 추억이 떠올라. 그 추억은 밤에 우리의 꿈속에 찾아오고, 조금 지나면 낮에도 우리와 함께 하늘을 맴돌며 날아. 우리는 서로에게 물어보고 싶은 갈증을 느껴. 그리고 그 모두가 사실이라고 믿게 돼. 오랫동안 이름도 잊고 있던 냄새와 소리, 장소가 하나하나 떠오르며 우리를 부르니까."

"올해만은 여기에 머물 수 없니?"

물쥐가 간절하게 말했다.

"너희들이 집에 있는 것처럼 편하게 지낼 수 있도록 우리가 힘 닿는 데까지 도와 줄게. 너희들이 멀리 가 있는 동안 우리가 얼마나 즐겁게 사는지 너희들은 전혀 모를 거야."

"나는 어느 해인가 머물려고 해보았어."

세 번째 제비가 말했다.

"여기가 너무 마음에 들어 때가 되어서 모두들 돌아가는데도 나는 그대로 남아 있었어. 그리고 몇 주일은 잘 지냈지. 그러나 그 이후가 문제였어. 지겨운 밤은 점점 길어지지, 햇빛 비치는 낮은 점점 짧아지는 거야. 바람도 차가워지고, 아무리 돌아다녀 봐도 벌레 한 마리 보이지 않더라. 좋은 일이라곤 없었지. 나는 기운이 떨어져 견딜 수가 없었어.

그래서 어느 폭풍우 몰아치는 밤에 날개를 펼쳐 동풍을 타고 내륙으로 들어갔어. 끝없이 이어지는 높은 산들을 지날 때는 눈이 몹시 내리기도 하더구나. 그걸 이기고 넘어가느라고 얼마나 힘들었는지 아니? 가까스로 그 산을 넘어 파랗고 유리처럼 잔잔한 호수 위를 날 때, 따뜻한 햇빛이 등을 비추어줄 때 얼마나 좋았는지 아니? 그리고 오랜만에 먹어 보는 벌레의 맛! 결코 잊을 수 없어. 지나간 날들이 악몽처럼 느껴지더라. 남쪽으로 날아가 편안하고 느긋하게 보내는 날들은 하루하루가 행복했고, 그때 큰 교훈을 얻었어. 부르는 소리가 들려오면 순종해야지, 절대로 거부하면 안 된다는 교훈을."

"그래, 그래. 남쪽의 부름에는 순종해야 해."

다른 두 마리의 제비가 꿈꾸듯이 중얼거렸다.

"그 노래, 그 색깔, 그 눈부신 밝음! 오, 누구도 잊을 수 없을 거야."

그리고 그들은 물쥐의 존재는 잊고서 회상에 잠겼고, 그들의 매혹적인 얘기를 듣고 있던 물쥐도 마침내 가슴이 뛰는 것을 느꼈다. 전혀 다른 생각을 품지 못했던 겨울의 생활에 대한 새로운 생각이 떠올랐다. 남쪽으로 가는 새들이 조잘거리며 늘어놓는 얘기들은 정확하지 않았지만, 그의 가슴 속의 새로운 생각을 일깨워 주기에 충분한 힘을 가지는 얘기들이었다.

한순간 물쥐의 가슴 속에서 진정한 그 무엇이 눈을 떴다. 남쪽의 따사로운 햇살이 물쥐를 유혹했다. 진정한 향기가 그의 코끝을 간지럽히는 것 같았다. 물쥐는 눈을 감고 모든 것을 버리는 꿈을 꾸기까지 했다. 그러나 다음 순간 눈을 뜨고 차갑고 썰렁하게 보이는 강물과 점점 빛을 잃어가는 푸른 초원을 바라보았다. 그때 물쥐의 충직한 가슴은 너무도 쉽게 흔들리는 그의 나약한 자아에 대해 불평을 늘어놓는 것 같았다.

물쥐가 질투심을 느끼며 물었다.

"그럼 너희들은 왜 또 여기로 돌아오니? 여기서는 견디기 어렵다고 하면서, 무엇에 끌려 들아오니?"

"그럼 너는."

첫번째 제비가 대답했다.

"때가 되면 여기서도 우리를 부른다는 사실은 전혀 모르나 봐. 푸르게 우거진 풀밭, 젖어 있는 과일나무, 따뜻하고 곤충이 많은 호수, 풀을 뜯어먹는 젖소, 건초 만들기, 멋진 처마가 있는 집, 그 모두가 우리를 부른다는 사실을 말이야."

"너는 이런 생각을 해보았니?"

두 번째 제비가 물었다.

"너만 간절하게 뻐꾸기의 노랫소리를 갈망하며 기다리는 게 아니라는 사실을 말이야."

"때가 되면."

세 번째 제비가 말했다.

"우리는 수련이 고요히 흔들리는 시냇물이 흐르는 영국을 그리워하게 될 거야. 그러나 지금은 그 모든 것이 희미해지고, 빈약해지고, 멀리멀리 사라져 버리는 것만 같아. 바로 지금 우리의 피는 다른 음악 소리에 맞춰 춤을 추고 있지."

그들은 다시 저희들끼리 재잘거리기 시작했다. 물쥐를 자극하는 그들의 얘기의 주제는 파란 바다, 밤색 모래밭, 그리고 담을 기어오르는 도마뱀 등 남국의 모습에 관한 내용이었다.

물쥐는 다시 정처없이 걸었다. 강둑의 북쪽에서 경사진 길을 따라 내려와 앉아 오리 사육장을 바라보았다. 높은 망이 있어 그 너머는 보이지 않았다. 여기까지가 그가 단순히 알고 있는 수평선이다. 달이 뜨는 산은 물쥐가 보고 싶고 또 알고 싶은 그 너머는 보여 주지 않는 방해물일 뿐이다.

물쥐는 오늘 새로이 가슴 속에서 피어오르는 갈망을 안고 그 너머를 바라보려 애썼다. 길고 나지막한 그 수평선 위로 펼쳐진 하늘은 즐거움을 약속하며 고동쳤다. 오늘 물쥐에게는 보이지 않는 세상이 더더욱 중요해졌다. 모르고 있는 그 세계가 인

생의 유일한 진실인 것 같았다.

　물쥐가 볼 수 있는 언덕의 이쪽은 현재로서는 공허하기만 했다. 그 반대쪽의 혼잡하고 온갖 색깔이 어우러진 장관을 물쥐는 마음의 눈으로 보고 있었다. 그 아래 펼쳐진 청초록의 물마루를 이루는 바다! 태양이 내리쬐는 해변, 그 해변을 따라 늘어서서 올리브 나무 숲을 배경으로 반짝이고 있는 하얀 빌라들! 포도주와 향료가 넘치는 진홍색의 섬, 나른한 바다에 낮게 자리잡은 섬을 향해 가려고 하는 화려한 선박으로 가득 찬 고요한 항구!

　물쥐는 일어나서 강으로 더 가까이 내려갔다. 그러나 곧 생각을 바꾸어 먼지가 이는 길로 접어들었다. 그리고 강의 경계선을 이루며 무성하게 우거져 시원한 울타리 밑에 자리를 잡고 앉았다. 그 곳에서 자갈이 깔린 도로와 그 길로 가면 나타날 놀라운 세계를 그려 보았다. 나그네는 모두 그 길을 걸었을 것이다. 모험과 행운, 그리고 저 너머의 아직 발견하지 못한 세계를 찾아갔을 것이다.

　발자국 소리가 들려왔다. 그리고 힘없이 걸어오는 동물이 보였다. 쥐다. 먼지를 뒤집어쓰고 있는 쥐다. 그 나그네 쥐는 물쥐에게 가까이 오자 예의 바른 모습으로 인사를 했다. 물쥐는 그 모습이 너무도 낯설게 느껴졌다. 나그네 쥐는 잠시 망설였지만 곧 미소를 지어 보이며, 길에서 들어와 시원한 울타리 나무 밑에 자리잡고 앉았다. 그 나그네 쥐는 피곤해 보여서, 물쥐는 아무 말도 묻지 않고 쉬게 해주었다. 그 쥐가 무슨 생각을 하고 있는지 어느 정도는 이해하기 때문이었다. 또한 지친 근육이 늘어지고, 마음 속에 아무 생각도 떠오르지 않을 때 조용히 맞아 준다는 것이 얼마나 소중한지를 잘 알기 때문이었다.

나그네 쥐는 야윈 얼굴에 어깨는 축 처져 있었고, 팔과 다리는 상당히 길고, 눈가에는 주름이 잡혀 있었다. 그리고 잘 생긴 귀에는 금귀걸이를 하고 있지만, 파란색의 저고리는 빛이 바랜 상태이고, 반바지는 여러 군데를 기웠고, 또 얼룩이 묻어 있었다. 약간의 소지품을 파란색 손수건에 싸들고 다녔다.

나그네 쥐는 조금 쉬고 난 다음에 한숨을 내쉬고 킁킁거리며 주위를 둘러보았다.

"산들바람을 타고 풍겨오는 향기는 클로버 향기지?"

나그네 쥐가 말했다.

"우리 뒤편의 풀밭에서 나는 발소리는 암소의 발소리가 맞지? 입안 가득 집어넣고 나지막하게 식식거리며 씹고 있군. 멀리서는 추수하는 사람들 소리도 들려오고, 그 너머로는 삼림을 배경으로 쭉 늘어선 집들에서 연기가 피어오르는군. 가까운 곳에서는 강이 흐르고 있군. 뜸부기가 부르는 소리가 들려. 그리고 너는 겉모습만 보아도 강에서 노 젓는 친구임을 알 수 있어. 모든 것이 잠들어 있는 것 같지만 항상 진행되고 있음을 알 수 있지. 너는 아주 잘 살고 있구나, 친구. 의심할 여지 없이 이 세상에서 가장 좋은 인생을 살고 있군. 네가 이런 삶을 영위할 수 있을 만큼 강인하기만 하다면 말이야."

"그래요, 이것이 진짜 인생이지요."

물쥐가 꿈꾸듯이 대답했다. 그렇지만 평소처럼 전적인 확신을 가진 태도는 아니었다.

나그네 쥐가 조심스럽게 대답했다.

"정확히 말하면 그런 의미가 아니었어. 하지만 좋은 인생이란 사실은 분명하지. 나도 너와 같은 인생을 살아 보려고 했었기에 잘 알고 있어. 6개월 동안 노력해 보았거든. 하지만 지금은 여기에 있지. 먼 길을 왔더니 발도 아프고, 배도 고픈데. 지금 나는 부름에 따라 남쪽으로 가고 있는 중이야. 예전의 내 인생으로, 나를 놓아주지 않는 인생으로 돌아가는 거야."

"그럼 당신도 돌아가는 무리들 중의 한 명인가요?"

물쥐가 생각에 잠겨 물었다.

"당신은 지금 어디에서 오는 건데요?"

물쥐는 그에게 어디로 가느냐고 물을 수는 없었다. 그 대답을 너무도 잘 알고 있다고 생각해서였다.

"멋진 농가에서 살다 왔지."

나그네 쥐가 간단하게 대답했다.

"저 위쪽에 있는 집이었어."

나그네 쥐는 북쪽을 가리키며 말했다.

"하지만 내 처지를 걱정할 것은 없어. 나는 원하는 것은 모두 가졌거든. 인생으로부터 기대할 수 있는 것은 모두 가졌어.

아니, 그 이상이었지. 그리고 지금 나는 여기까지 왔어. 그래, 여기까지 왔다는 것만도 큰 기쁨이야. 아직 내가 갈망하는 곳까지는 멀지만, 그만큼 가까이 왔으니까."

나그네 쥐는 반짝이는 눈으로 꼼짝않고 수평선을 보았다. 넓은 초원에서 들려오는 소리, 풀밭과 농지에서 들려오는 합주곡을 연주하는 것 같은 소리에 귀를 기울이고 있는 듯했다.

물쥐가 말했다.

"당신은 우리의 동족이 아니에요. 농부가 아니잖아요. 더욱이 내 판단으로는 이 나라의 동물조차 아니군요."

"맞아."

그 나그네 쥐가 대답했다.

"나는 해상 생활을 하는 쥐야. 원래의 내 출신지는 콘스탄티노플이고. 솔직히 말하자면 거기에서도 이방인 신세이기는 하지만 말이야. 콘스탄티노플이 어디인지는 알고 있지, 친구?

영광스러운 역사를 간직한 좋은 도시이지. 너는 노르웨이의 왕 시구르드라는 이름도 들어보았을 거야. 그리고 그 왕이 60척의 배를 이끌고 쳐들어오고, 그의 부하들이 진홍색과 금색으로 화려하게 치장하고 여기저기의 거리를 누비고 다니며, 황제와 황비가 그의 배로 올라가 그들과 함께 연회를 베풀었다는 얘기도 들어보았지? 시구르드 왕은 고향으로 돌아갔지만, 노르웨이인 부하들이 많이 남아 황제의 보디가드가 되었지. 그때 노르웨이에서 태어난 내 선조께서도 여기에 남았어. 시구르드

왕이 황제에게 선물한 배를 타고 있었던 거지. 그 이후로 우리는 계속 해상 생활을 해오고 있어. 그러므로 내 경우에는 출생지가 별다른 의미를 가지는 것도 아니야. 강과 좋은 항구가 나에게는 다 출생지나 마찬가지야. 그 어떤 항구의 선창이나 해변에 내리더라도 거기가 바로 내 고향인 거야."

물쥐가 점점 흥미를 느끼며 물었다.

"당신은 항해를 많이 했겠군요. 육지라곤 보이지 않는 바닷가를 몇 개월씩이나 항해하며, 식품이 떨어지고 마실 물도 없는 어려움을 겪었겠군요. 영혼은 거대한 바다와 대화했을 테고, 멋진 경험이었겠군요."

"네가 생각하는 것처럼 내 인생이 그렇게 멋진 것만은 아니야. 연안무역을 하니까 항상 육지를 보면서 살아. 물론 해상 생활을 하는 누구나 그렇겠지만, 상륙하게 된다는 소식을 들으면 대단히 기쁘고. 오, 남쪽의 항구들! 항구의 그 냄새, 밤이면 밝혀지는 전조등, 그 휘황찬란함!"

바닷쥐가 솔직하게 말했다.

"그래도 당신이 더 나은 인생을 선택한 게 아닌가요."

물쥐가 말했다. 하지만 이제는 반신반의하는 태도였다.

"괜찮다면, 당신의 해상 생활에 대한 얘기를 들려주시겠어요? 당신과 같은 방랑벽을 가진 동물들은 훗날 벽난로 앞에 앉아 과거를 회상하며 살 때를 대비해 집으로 돌아오면서 무엇을 가져오는지도 얘기해 주세요. 내가 이런 얘기를 묻는 이유는

솔직히 내 인생이 너무 좁고 제한되어 있다는 생각이 들어서 묻는 거예요."

그가 대답했다.

"지난번 항해 때 내륙에서 농사를 짓고 살아보겠다는 희망을 안고 이 나라에 내렸지. 누구보다 잘 살 수 있을 것 같았거든. 내 화려한 인생을 더욱 멋지게 장식해 줄 수 있을 것도 같았고.

그런데 가정불화가 시작되었어. 불화는 심해졌고, 나는 작은 무역선에 올라탔지. 내게는 잊을 수 없는 추억을 일깨워주는 유서 깊은 바다를 지나 콘스탄티노플부터 그리스의 섬들과 지중해 연안까지 가는 배였어. 황금처럼 빛나는 낮과 향기로운 밤이 이어졌어. 항구에 들를 때마다 옛친구를 만날 수 있었어. 시원한 신전이나 낮 동안의 열기로 인해 비어 버린 물통에서 잠을 자고, 해가 진 다음이면 검은색 벨벳을 펼쳐 놓은 것 같은 하늘에서 반짝이는 별을 바라보며 식사를 하고 노래를 부르지.

그러나가 뱃머리를 돌려 아느리아 해로 들어서지. 우리는 호박빛, 장밋빛 그리고 청록색이 어우러진 바다에서 수영하여 항구에 상륙하지. 유서 깊고 장대한 도시들을 돌아다니다가 어느 날 아침, 우리를 충실하게 비추어 주는 햇빛을 등에 받으며 베니스의 황금길로 들어서는 거야. 오, 베니스는 정말 좋은 도시야. 얼마든지 편히 돌아다니며 즐거움을 만끽할 수 있거든.

돌아다니는 것이 힘들어지면, 특히 밤에는 대운하의 끝에 앉아 친구들과 함께 식사도 하지. 그럴 때면 여기저기에서 음악 소리가 들려오고, 하늘에는 별들이 가득하고, 흔들거리는 곤돌라의 잘 닦아 놓은 철제 난간은 불빛을 받아 반짝거리지. 곤돌라가 얼마나 많이 정박해 있는지, 우리도 이 곤돌라에서 저 곤돌라로 쉽게 옮겨 탈 수 있을 정도야.

그리고 음식 얘기인데, 너 새우 요리 좋아하니? 오, 지금은 그런 얘기를 할 때가 아닌 것 같구나."

나그네 쥐는 잠시 아무 말이 없었고, 물쥐 역시 아무 말도 못하고 꿈만 같은 운하를 그려 보며, 유령의 노래가 운하 양쪽에 신기루처럼 서 있는 회색 벽을 타고 높이 솟아오르는 것만 같은 황홀감에 사로잡혀 있었다.

"우리는 다시 남쪽을 향해 항해하지."

바닷쥐가 계속 얘기했다.

"이탈리아의 해변을 따라 내려가다가 팔레르모로 방향을 돌리고, 나는 거기서 오랜 시간에 걸친 즐거운 항해를 끝내지. 나는 한 배에만 오래도록 달라붙어 있는 성격이 아니거든. 마음이 편협해지고, 선입견에 사로잡히게 되니까. 게다가 시실리는 내가 좋아하는 사냥터들 중의 한 곳이거든. 거기에는 내 친구들이 많아. 그들의 생활방식을 부담없이 받아들일 수 있고. 나는 그 섬에서 친구들과 어울려 오랫동안 즐거운 시간을 보내. 그러다가 다시 돌아다니고 싶은 생각이 들면, 사르데냐나 코르시카행 배를 타. 그리고 모처럼 얼굴에 와 닿는 바닷바람을 느

끼며 진정한 기쁨을 맛보지."

"그렇지만 선실 밑으로 들어가면 매우 덥잖아요."

물쥐가 물었다.

바닷쥐는 물쥐를 바라보다가 눈을 찡긋해 보였다.

바닷쥐가 간단하게 대답했다.

"나는 나이도 많고 경험이 많잖아. 그 덕분에 지내기 좋은 선장실로 들어갈 수 있어."

"여러 면에서 어려운 생활일 것 같군요."

물쥐가 깊은 생각을 하며 중얼거렸다.

"선원들에게는 그렇지."

바닷쥐는 다시 한 번 눈을 찡긋해 보이며 말했다.

"코르시카에서는,"

바닷쥐가 계속 말했다.

"나는 내륙으로 포도주를 운반하는 배를 이용하지. 그 배를 타면 저녁이면 알라시오에 도착해. 우리는 거기서 포도주통을 갑판으로 끌어올려 긴 줄로 묶어. 그런 다음 선원들은 포도주통을 길게 늘어뜨려 끄는 보트를 타고 노래를 부르며 노를 저어 해변으로 향하지. 1마일은 되는 것 같은 포도주통의 행렬을 끌고서 말이야.

해변의 모래밭에서는 말들이 기다리고 있지. 말들은 포도주통을 싣고 많은 사람들이 몰려나와 소란을 피우는 그 마을의 가파른 길을 따라 올라가는 거야. 우리는 마지막 통을 실어 보낸 다음 조금 쉬고 친구들과 함께 밤 늦게까지 둘러앉아 술을 마셔. 다음날 아침이면 나는 새로운 생활과 휴식을 찾아 올리브나무 숲으로 올라가지. 그때면 항구와 섬 그리고 배에서의 생활을 충분히 즐긴 다음이어서, 농부들과 함께하는 느긋한 삶을 원하는 거지. 누워서 그들이 일하는 광경을 지켜보거나, 밑으로 지중해가 펼쳐진 언덕에 편하게 누워 지내고 싶은 거야.

그러다가 마침내 마르세유를 향해 여행을 시작하지. 걷기도 하고, 배를 타고 바다를 건너기도 하면서 말이야. 거기에서는 옛날의 배친구들을 만나기도 하고, 큰 바다로 나가는 배를 찾아가 다시 한 번 연회를 즐기기도 하지. 그 생각을 하니까 새우 요리가 생각난다. 그래, 나는 마르세유의 새우 요리 꿈을 꾸다가 울면서 깨어난 적도 있어."

"당신이 그런 얘기를 하니까 생각나는데요. 아까 배가 고프다고 얘기하셨던 적이 있었는데, 내가 그냥 지나쳤군요. 나하고 함께 가서 식사하지 않으시겠어요? 우리 집은 여기서 가깝거든요. 지금은 점심 시간도 상당히 지났고, 내 집은 누추하긴 하지만, 오시겠다면 대환영이에요."

물쥐가 예의 바르게 말했다.

"너는 정말 자상하구나. 나는 여기에 앉아 있을 때부터 몹시 배가 고팠어. 그리고 너무도 배가 고파 견딜 수 없는 상태였기에 무의식 중에 새우 요리 얘기가 튀어나왔나 봐. 하지만 네가 음식을 여기로 가져올 수는 없겠니? 나는 꼭 그래야만 할 경우를 제외하곤 선실 밑으로 들어가는 것을 좋아하지 않거든. 그런데 너희 집은 터널 깊은 곳에 있을 것 아니니. 하지만 네가 음식을 여기로 가져오면 나는 식사를 하면서도 나의 항해와 내가 얼마나 즐거운 인생을 살아가고 있는지 — 최소한 나는 아주 즐거워 — 를 얘기해 줄 수 있어. 내 얘기를 듣고서 네가 어떻게 생각하는지를 얘기해 줄 수도 있잖아. 반면에 너희 집으로 가면 십중팔구 나는 금방 잠들어 버릴 거야."

바닷쥐가 말했다.

"당신 제안도 괜찮은 것 같군요."

물쥐는 이렇게 대답하고서 서둘러 집으로 갔다. 집에 도착한 물쥐는 점심 바구니를 꺼내고, 간단한 식사를 꾸렸다. 나그네쥐의 출신지를 떠올리며 기다란 프랑스빵, 소시지와 치즈, 그리고 햇빛을 잘 받으며 익고, 또 남쪽의 언덕에서 보관한 빨대가 꽂혀 있는 목이 긴 포도주병도 집어넣었다. 물쥐는 이렇게 꾸민 점심 바구니를 들고 뛰어서 그 자리로 돌아왔다. 바닷쥐가 내용물을 살펴보며 물쥐의 사려 깊은 식견을 칭찬해 주었다. 물쥐는 칭찬에 얼굴을 붉히며 곧 길 옆의 풀밭에 나란히 앉아 점심 바구니에 든 음식물들을 펼쳐 놓았다.

바닷쥐는 배고픔이 어느 정도 가라앉자 최근의 항해 얘기를 계속했다. 물쥐는 매혹되고 흥분하여 몸을 떨며 온 신경을 기울여 스페인의 항구로부터 영불 해협을 따라 북쪽으로 올라갔다가 다시 남쪽으로 돌아갈 때까지 그 모험가가 겪은 얘기를

한마디도 빼놓지 않고 들었다. 식사가 끝났을 때 그 모험가는 생기를 되찾은 눈을 반짝이며 포도주를 마셨다.

"너도 나와 함께 가지 않겠니? 남쪽 나라야 언제든지 너를 반겨 줄 테지만, 오늘 같은 기회는 두 번 다시 찾아오지 않는 법이다. 부름에 응답하고 모험을 시작하는 거야. 이렇게 꾸물거리다가는 돌이킬 수 없는 귀중한 순간이 지나가 버려! 뒷북을 치는 셈이 되어 버리는 거니까 지금 당장 용기를 내! 낡은 인생을 버리고 새 인생을 찾으라고! 그러면 언젠가는, 아주 오랜 시간이 흐른 뒤에 충분히 즐기고 하고 싶은 일이 더 이상 없을 때면 말이다, 너는 친구들에게 들려줄 풍부한 경험담을 안고 조용한 이 강가로 돌아올 수 있어.

나와 함께 떠나지 않는다 해도, 너는 어렵지 않게 나를 따라잡을 수 있을 거야. 너는 젊고 나는 나이가 든 데다 느릿느릿 걸으며 뒤를 돌아볼 테니까. 결국에는 남쪽 나라를 갈망하는 눈으로 가볍게 뛰어오는 네 모습을 보게 될 거라고 확신해."

그 목소리는 마치 어둠 속에서 들려오는 벌레의 희미한 노랫소리처럼 한동안 주위를 맴돌다가 사라졌다. 물쥐는 마법에 걸린 듯 꼼짝도 못하고 그 자리에 서서 바닷쥐의 모습이 마침내 조그만 점으로 변해 시야에서 완전히 사라질 때까지 지켜보기만 했다.

물쥐는 무의식적으로 조심스럽게, 그러나 망설이지 않고 점심바구니를 꾸렸다. 그리고 무의식적으로 집으로 돌아와 몇 가

지 필수품과 그가 특히 좋아하는 보석을 찾아 여행용 가방에 집어넣었다. 멍하니 입을 벌리고 마치 몽유병자처럼 방안을 이리저리 돌아다니며 물건을 챙겼다. 그리고 여행용 가방을 어깨에 메고 여행용 지팡이를 집어든 다음, 급하지 않게 그러나 전혀 망설이지 않고 문지방을 넘어서려 할 때 마침 집안으로 들어오려던 두더지와 마주쳤다.

"너 어디 가려는 거니?"

두더지가 깜짝 놀라 친구의 팔을 잡으며 물었다.

"남쪽 나라로 가는 거야, 다른 친구들과 함께."

물쥐가 친구는 바라보지도 않고 꿈꾸는 듯한 태도로 단조롭게 말했다.

"먼저 바다로 가서 거기에서 배를 타는 거야. 그리고 나를 부르는 남쪽 나라의 해변에서 내릴 거야."

물쥐는 전혀 망설이지 않고 오히려 단호한 태도로 두더지를 밀치고 밖으로 나가려고 했다. 하지만 두더지는 깜짝 놀라며 물쥐의 앞길을 가로막고 서서 물쥐의 눈을 바라보았다. 그 눈에서는 불꽃이 튀고 있었다. 그가 잘 아는 친구의 눈이 아니라, 다른 동물의 눈이었다. 두더지는 물쥐를 억지로 집안으로 끌어들였다.

한동안 필사적으로 저항하던 물쥐는 갑자기 힘이 빠졌는지 기진맥진한 모습으로 주저앉았다. 그러나 걷잡을 수 없이 몸을 떨었다. 두더지는 물쥐를 부축해 일으켜 세워 의자에 앉게 했고, 의자에 앉은 물쥐는 몸을 웅크리고 부르르 떨다가 눈물은 흘리지 않았지만 흐느껴 울기 시작했다. 두더지는 재빨리 문을 잠그고 가방을 서랍에 집어넣은 다음 잠그고, 조용히 친구의 옆에 놓인 탁자에 걸터앉아 친구를 움켜잡고 있는 환상이 사라지기를 기다렸다.

물쥐는 서서히 잠으로 빠져들었다. 하지만 가끔 깜짝 놀라며 깨어나고, 아무것도 모르는 두더지로서는 이해할 수 없는 이상한 말들을 중얼거리기도 했다. 그러다가 물쥐는 마침내 깊은 잠으로 빠져들었다.

두더지는 몹시 걱정하는 마음으로 물쥐를 잠시 자게 내버려 두고 집안일을 하면서 바쁘게 보내려고 했다. 어두워진 다음에야 응접실로 돌아온 두더지는 물쥐가 그 자리에 그대로 앉아 있기는 하지만 침울하고, 전혀 안정을 찾지 못하고 있음을 느낄 수 있었다. 두더지는 물쥐의 눈을 흘깃 바라보았다. 다행히 물쥐의 눈은 예전처럼 맑고 짙은 갈색으로 돌아와 있었다. 그리고 나서 물쥐의 맞은편에 앉아 물쥐의 기운을 북돋워 주며 무슨 일이 있었는지를 물어보았다.

가련한 물쥐는 최선을 다해 설명하려 했다. 그를 매혹시켰던 얘기들을 그대로 전하려고 해보았지만, 물쥐의 입에서 들려오는 말은 죽은 단어에 불과했다. 그를 매혹시켰던 바닷쥐의 목소리를, 그를 마법으로 끌어들이던 바닷쥐의 회상을 물쥐가 어떻게 그대로 재현할 수 있겠는가? 물쥐 자신에게조차 이제는 매혹도 사라지고, 마법도 깨어진 것처럼 느껴졌다. 불과 몇 시간이 흘렀을 뿐인데도 그 명확하고 매혹적인 인생을 설명하기가 매우 어려웠다. 그러니 물쥐가 두더지에게 그날 있었던 일을 정확히 이해할 수 있도록 설명해 주지 못하는 것도 놀라운 일은 아니었다.

두더지는 상황을 명백히 이해할 수 있었다. 물쥐를 사로잡았던 그 무엇인가는 사라졌고, 물쥐는 비록 그 일 때문에 의기소침해 있기는 하지만 예전의 그의 모습으로 돌아왔다. 하지만 물쥐는 일상적인 생활을 꾸려가는 일에 대한 관심을 모두 잃어버린 것 같았다.

그러자 두더지는 아무 일도 없다는 듯이 무관심한 태도로 추수를 시작하고, 마차 가득 싣고 돌아오고, 건초더미가 높이 쌓여가고, 둥근 달이 비추는 들판은 여기저기 밀짚더미만 쌓여 있을 뿐 완전히 헐벗은 모습이라는 얘기를 꺼냈다. 사과는 빨개지고, 호도는 갈색으로 변했고, 잼을 만드는 등 겨울 갈무리를 하고, 술을 내리는 얘기를 했다. 이러한 준비가 있어 한겨울에도 즐겁고 아늑하게 지낼 수 있다는 얘기를 할 때 두더지의 목소리는 노래하는 것 같았다.

점차 물쥐는 자세를 고쳐 앉아 두더지의 얘기에 끼여들기 시작했다. 물쥐의 눈은 반짝였고, 멍한 기운도 많이 가신 듯했다.

사려 깊은 두더지는 즉시 연필과 메모지를 가져와 친구의 옆에 있는 탁자 위에 놓아주었다.

두더지가 말했다.

"너 시를 써 본 지 상당히 오래 되었지? 오늘 저녁 시를 써 봐. 이상한 경험을 한 것 같은데, 좋은 소재가 될 거야. 방금 네가 무엇인가를 쓰려고 하면 훨씬 나아질거라는 생각이 들었거든. 그저 시일 뿐이잖아."

물쥐는 힘없이 종이를 밀쳐 버렸다. 그러나 사려 깊은 두더지는 기회를 잡아 응접실을 나갔고, 한참 후에 다시 들어왔을 때는 물쥐가 모든 것을 잊고 무엇인가를 쓰다가 다음 순간에는 연필심을 빼는 것을 보았다. 물쥐는 글씨를 쓸 때보다 연필심을 빼는 경우가 더 많았다. 그러나 두더지는 최소한 치료가 시작된 것처럼 보이는 친구의 모습에 기쁘기 그지없었다.

10. 계속되는 두꺼비의 모험

　속이 빈 나무의 구멍은 동쪽으로 나 있었다. 그래서 두꺼비는 새벽에 눈을 떴다. 부분적으로는 밝은 햇살이 비쳐 왔기 때문이고, 또 부분적으로는 발가락이 몹시 시렸기 때문이었다. 추운 겨울날 튜더식 창문이 있는 집의 침실에서 잘 때 담요를 걷어차고, 담요가 추위를 막아주지 못한다고 투덜거리며 깨어났을 때가 떠올랐다. 그럴 때면 신경질을 내며 몇 마일은 되는 것 같은 돌로 깔아 놓은 복도를 맨발로 뛰어가서 불이 피워져 있는 주방으로 들어가 얼어붙은 것 같은 발을 녹였었다. 두꺼비는 몇 주일간 판석 위에 깔린 밀짚 위에서 자는 생활을 하지 않아서 두툼한 담요를 턱까지 끌어당겨 덮는 기분 좋은 느낌을

잊지 않았더라면, 훨씬 일찍 일어났을 거라고 생각했다.

자리에서 일어나 앉은 두꺼비는 먼저 눈을 비빈 다음에 불편한 발을 쓰다듬었다. 그러면서도 한순간 여기가 어디인지 의아해 하며 주위를 둘러보았다. 돌벽과 창살이 처진 창문이 보이리라 예상했지만 다음 순간 가슴이 활짝 열리는 기분과 함께 모든 것이 생각났다. 탈출, 기차 여행, 추적. 그 무엇보다도 그는 자유라는 것을 기억해냈다!

자유! 그 단어에 대한 생각은 담요를 오십 장 덮은 것보다 몸을 더 훈훈하게 해주었다. 즐거움에 가득 찬 바깥 세계를 생각만 해도 온 몸이 뜨거워졌다. 불행이 두꺼비를 덮치기 전까지 항상 그래 왔던 것처럼, 바깥 세상은 그가 개선장군처럼 나오기를 기다리고 있었다. 그를 돕고 그와 함께 놀 수 있기를 간절히 기대하고 있었다. 두꺼비는 머리를 흔들고, 손가락으로 머리에 묻어 있는 마른 나뭇잎을 털어 버렸다.

두꺼비는 신분을 감추기 위해 아주머니 모습으로 변장하였다. 그리고 용변을 마친 다음 밝은 아침 햇살이 비쳐 오는 바깥 세상으로 나갔다. 춥기는 했지만 두꺼비는 자신감에 넘쳐 있었다. 배는 고팠지만 희망에 차 있었다. 어제의 그 지독했던 두려움은 잠과 휴식, 원기를 북돋워주는 햇살 덕분에 모두 사라져 버렸다.

이 여름날 아침, 온 세상이 두꺼비의 눈앞에 펼쳐져 있었다. 이슬 맺힌 숲속의 사잇길은 호젓하고 조용했다. 숲에서 나와 이어지는 초록의 들판을 거닐었다. 두꺼비는 마음 내키는 대로 마음껏 돌아다녔다. 그리고 큰길로 나와서는 방황하는 개처럼 주위를 둘러보며 친구를 찾았다.

두꺼비에게는 얘기 상대가 필요했다. 어느 방향으로 가야 할지 명확히 알려 줄 누군가가 필요했다. 마음이 가볍고, 양심에 거리낄 것이 없고, 주머니에 돈이 가득하고, 감옥으로 끌고가 다시 가두기 위해 쫓아오는 사람들이 없다면, 방향에는 개의치 않고 도로가 이어지는 곳으로만 가면 된다. 현실적인 두꺼비는 방향이 참으로 신경이 쓰였다. 일 분 일 초가 소중한 이때 전혀 도움을 주지 못하고 침묵을 지키고 있는 도로를 할 수만 있다면 힘껏 걷어차고 싶었다.

한가로운 시골길은 이제 운하와 만나 나란히 걸어가는 것 같았다. 그렇지만 입은 닫아 버린 그대로였다. 낯선 사람에게는 아무런 얘기도 해주지 않을 것 같았다.

두꺼비가 중얼거렸다.

"아휴, 짜승나! 하지만 한 가지만은 분명해. 양쪽 그 어디로 가든 길이 어디엔가로 이어진다는 사실은. 그렇지만 가만히 있으면 그 어디로도 갈 수 없잖아."

두꺼비는 운하의 가장자리를 따라 계속 걸었다.

운하의 구부러진 곳을 돌아서니 마치 커다란 걱정거리라도 있다는 듯이 머리를 숙이고 걸어오는 말을 볼 수 있었다. 말의 어깨에는 긴 밧줄이 매어져 있고, 팽팽하게 당겨져 있긴 하지만 가끔 늘어지기도 하는 그 밧줄의 한쪽 끝에서는 물방울이 떨어지고 있었다. 두꺼비는 옆으로 비켜 서서 그 말이 지나갈 수 있도록 해준 다음, 운명이 자신에게 보낸 것이 무엇인지를 확인하기 위해 기다렸다.

앞부분이 뭉툭한 거룻배가 상쾌하게 물을 가르며 모습을 나타냈다. 화려하게 페인트칠이 되어 있는 거룻배의 옆부분 높이는 배가 나아가는 길과 수평을 이루었고, 햇빛 가리는 모자를 쓴 뚱뚱한 여자 한 사람이 방향키를 잡고 있는 것이 보였다.

"좋은 아침이에요, 아주머니!"

여자가 두꺼비에게 인사했다.

"정말 그렇군요, 아주머니."

거룻배와 나란히 걸으며 두꺼비가 공손히 인사했다.

"나처럼 마음 아픈 문제가 없는 사람에게는 정말 좋은 아침이겠지요. 결혼한 딸이 하나 있는데 급하다며 즉시 좀 와 달라는 연락을 보내왔지 뭐예요. 그래서 가는 거예요. 무슨 일이 일어났는지, 일어날 것인지도 모르지만 가장 나쁜 경우를 상상하면서 말이에요. 아주머니도 자식이 있다면 지금 내 심정이 어떤지를 잘 이해하실 거예요.

일도 팽개치고 말이에요. 내 모습을 보면 아시겠지만, 나는 세탁일을 하고 있거든요. 내 아이들은 저희들끼리 잘 지내도록 내버려 두고서요. 그 애들보다 더 장난 심하고 말썽 많은 악동들은 없을 거예요, 아주머니. 그리고 돈을 모두 잃어버린 데다가 길까지 잃어버렸네요. 그 동안 결혼한 딸아이에게 무슨 일이 생겼을지도 모르는데 말이에요. 아휴, 생각하고 싶지도 않아요, 아주머니."

"아주머니의 결혼한 딸은 어디에서 사는데요?"

거룻배의 여자가 물었다.

"강에서 가까운 곳에 살아요."

두꺼비가 대답했다.

"토드 홀이라고 하는 멋진 저택 가까운 곳에서요. 여기서 멀지 않은 곳인데, 아주머니도 토드 홀이라는 저택에 대한 얘기를 들어보셨을 거예요."

"토드 홀이라고요? 오, 나도 지금 그 쪽으로 가고 있어요."

거룻배의 여자가 대답했다.

"몇 마일만 더 가면 이 운하는 강과 만나요. 토드 홀 조금 못 미친 곳에서요. 거기까지는 아주 가까워요. 나와 함께 이 배를 타고 가시지요. 거기까지 태워드릴 테니까요."

그 여인은 거룻배를 강둑 가까이로 돌렸고, 두꺼비는 겸손한 태도로 수도 없이 감사 인사를 하며 가볍게 올라타고, 만족스러운 기분을 느끼며 앉았다.

'두꺼비의 행운이 다시 찾아왔어.'

그는 이렇게 생각했다.

'나는 언제나 최고로 지낼 수 있어.'

"세탁일을 하신다고 하셨지요, 아주머니?"

배가 다시 물 위를 미끌어지기 시작하자 거룻배의 여인이 물었다.

"참 좋은 일을 하시는군요. 이렇게 말한다 해서 기분이 상하지 않으셨으면 좋겠네요."

"이 나라를 통틀어 보아도 제일 좋은 직업이지요."

두꺼비가 경쾌하게 대답했다.

"모든 신사분들이 나를 찾아온다니까요. 기왕에 돈을 내고 세탁을 해야 한다면 다른 데를 찾아가지는 않아요. 나를 잘 아니까요. 나는 일을 철저히 이해하고 있는 사람이거든요. 그리고 모든 과정을 내가 직접 감독하기도 하고요. 세탁, 다림질, 표백, 신사분들이 이브닝 파티에 입고 가시기에도 부족함이 없도록 내가 직접 눈으로 확인하는 거예요."

"그렇지만 당신이 직접 그런 일을 하는 것은 아니지요?"

거룻배의 여인이 존경스럽다는 듯한 태도로 물었다.

"예, 일하는 아이들이 있어요."

두꺼비가 가볍게 대답했다.

"한 스무 명쯤 되는데, 모두들 열심히 일하지요. 그렇지만 나이 어린 계집아이들이 어떤지는 잘 아시잖아요, 아주머니. 가끔은 정말 골치 아프게들 군다니까요."

"그건 나도 알 만해요."

거룻배의 여인이 전적으로 동감하였다.

"그렇지만 그 아이들도 당신 같은 사람 밑에서는 열심히 일

할 거예요. 그런데 당신은 세탁을 좋아하시나요?"

"좋아하고 말고요."

두꺼비가 말했다.

"정말이지 세탁에 흠뻑 빠졌어요. 빨래통에 두 손을 담그고 있을 때만큼 행복한 순간은 없어요. 나한테는 그게 세상에서 가장 쉽고 재미있는 일이에요. 진정한 기쁨이라고나 할까요."

"아주머니 같은 분을 만나다니, 나에게는 큰 행운이군요."

거룻배의 여인이 말했다.

"우리 두 사람 모두에게 큰 행운이에요."

"오, 무슨 말인가요?"

두꺼비가 조심스럽게 물었다.

"오, 내 얘기를 들어보세요."

거룻배의 여인이 대답했다.

"나도 세탁을 좋아하거든요. 그건 당신과 마찬가지예요. 그러니 내 옷은 언제나 내가 세탁해요. 그런데 내 남편은 어떤지 아세요. 얼마나 세으른시 서듯배를 소송하는 일은 내게 맡겨 버리는 거예요. 아무리 보아도 나 같은 여자가 할 일은 아닌데도 말이에요.

지금 같은 때는 여기 있어야 하는 것 아녜요. 여기서 거룻배를 조종하든지, 배 끄는 말을 타고 가든지 말이에요. 그런데도 개를 끌고 어디론가 사라졌다니까요. 토끼라도 잡아 어디에서 디너 파티를 벌일 수 있을까 해서 말이에요. 갑문 근처에서 기다리겠다고 하던데, 두고 봐야지요. 나는 남편이 일단 개를 데리고 나갔다고 하면 그 다음 약속은 믿지 않거든요. 그건 그렇고, 나는 세탁물을 어떻게 처리해야 할지 걱정했어요."

두꺼비는 애기의 주제가 마음에 들지 않았다.

"오, 그런 일에 대해서는 아무 걱정 마세요. 그저 남편이 토끼를 잡아와 디너 파티를 벌일 수 있을지나 생각하세요. 통통한 어린 토끼를 잡아오면 더욱 좋겠지요. 양파는 준비하셨어요?"

"세탁물이 쌓여 있으니까 다른 생각을 할 수가 없어요."

거룻배의 여인이 말했다.

"그리고 당신도 그런 즐거운 일이 앞에 놓여 있다면, 토끼요리 같은 것에는 아무런 흥미도 없을 거라는 생각이 들어요. 객실에 들어가면 한쪽 모퉁이에 쌓여 있는 내 빨랫감들을 볼 수 있을 거예요. 당신이 그 중에서 가장 중요한 것 한두 가지만 빨아주신다면 — 아주머니 같은 여인에게 구태여 무엇무엇이라고 애기할 필요는 없겠지요? — 얼마나 좋을까요.

아주머니는 방금 빨래통에 손을 담그기만 해도 행복하다고 하셨잖아요. 빨래통이나 비누는 쉽게 찾으실 수 있을 거예요. 스토브에 주전자를 올려놓았으니 물도 따뜻해졌을 거예요. 그리고 운하에서 물을 퍼올릴 때 사용할 양동이도 준비되어 있어요. 여기서 한가로이 앉아서 스쳐 지나가는 풍경이나 바라보며 하품을 해대는 것보다는 빨래를 하는 편이 아주머니에게는 훨

씬 즐거운 일이겠지요?"

"오, 조종을 내가 하면 어떨까요?"

두려움에 휩싸인 두꺼비가 말했다.

"그리고 아주머니 빨래는 아주머니가 직접 하시는 것이 좋지 않겠어요? 나는 신사분들의 옷을 세탁하는 데에만 익숙해진 사람이어서 아주머니의 옷을 망쳐 놓을지도 모르거든요."

"아주머니에게 방향타를 맡기라고요?"

거룻배의 여인은 어이없어 하며 웃었다.

"거룻배를 제대로 조종하려면 상당한 연습을 해야 해요. 게다가 지겨운 일이에요. 나는 아주머니를 즐겁게 해드리려는 거예요. 그래요, 아주머니는 좋아하시는 빨래를 하세요. 나는 아무 재미도 없는 방향타를 붙잡고 있을 테니까요. 당신을 위해 즐거움을 양보하려는 건데 나를 실망시키지는 마세요."

두꺼비는 보기 좋게 궁지에 몰렸다. 이리저리 탈출구를 찾아보았지만, 강둑은 펄쩍 뛰어 옮겨 가기에는 너무 멀리 떨어져 있었다. 마침내 그는 운명에 모든 것을 맡겨 버렸다.

"도대체 어떤 바보가 빨래하는 것을 좋아할지 궁금한데."

두꺼비는 빨래통과 비누를 비롯한 몇 가지 필수품을 선실에서 꺼내오고, 겉옷 몇 벌을 앞발 닿는 대로 집어들고, 가끔 세탁실의 창문을 통해 엿보았던 동작을 흉내내려 했다.

그렇게 하는 동안 30분이 흘러갔고, 두꺼비는 점점 화가 나서 어쩔 줄 몰랐다. 그가 하는 일이 전혀 마음에 들지도 않았고, 또 제대로 할 수도 없어서였다. 그래도 두꺼비는 자신의 마음을 진정시킨 후에 비비고 두들기며 빨래를 해보려 했다. 그러나 빨래통 속에 들어 있는 빨래들은 그를 바라보며 비웃는 것만 같았다.

두꺼비는 두어 번 어깨 너머로 거룻배의 여인을 바라보기도 했다. 그러나 그 여인은 마치 온 정신을 기울여 배를 조종하는 듯 방향타를 잡고 앞만 바라보고 있었다.

두꺼비는 등이 몹시 아팠고, 앞발이 온통 주름투성이가 되었다는 것을 알아차리고 경악했다. 이제까지 두꺼비는 자신의 앞발에 대단한 자부심을 가지고 있었다. 두꺼비는 세탁부였거나 원래의 자신이었다면 하지 않았을 투덜거림을 내뱉었다. 그러면서 쉰 번도 넘게 비누를 놓쳤다.

갑자기 웃음소리가 들려와 두꺼비는 허리를 펴고 뒤를 돌아다보았다. 거룻배의 여인이 허리를 굽히고 눈물을 흘리며 걷잡을 수 없이 웃고 있었다.

"나는 그동안 아주머니를 계속 시켜보고 있었어요."

그 여인이 숨을 헐떡이며 말했다.

"나도 아주머니가 거짓말을 한다고 생각해 보긴 했어요. 허풍 떨며 얘기할 때부터요. 당신은 정말 굉장한 세탁부군요. 아마도 당신은 평생 동안 행주 한 번 안 빨아 보았을 거예요."

가끔 부글부글 끓어오르는 두꺼비의 성질이 이번에는 끓어넘치고 말았다. 자제력을 완전히 잃어버리고 만 것이다.

"이런 못된 여자 같으니!"

두꺼비가 소리 질렀다.

"나이 많은 사람에게 그런 식으로 얘기하는 게 아니야! 아무리 세탁부라고 할지라도 말이야! 하지만 나는 세탁부도 아니야. 어쩔 수 없이 알려주어야겠는데, 이 근방에서는 유명인사이고 또 존경받는 두꺼비야. 지금은 나에게 불행의 그림자가 드리워져서 이 모양이지만 당신 같은 여자의 웃음을 살 정도로 그렇게 형편없지 않아!"

거룻배의 여인은 그에게로 가까이 와 검은 모자 밑의 얼굴을 자세히 바라보았다.

"오, 정말 그러네!"

그리고 비명을 질렀다.

"끔찍하고 징그러운 두꺼비인지는 정말 몰랐어! 이 멋진 배에 두꺼비가 타다니……. 나는 그런 일은 용납할 수 없어!"

여인은 순간적으로 방향타를 놓고, 강인해 보이는 팔을 내밀어 두꺼비의 앞발을 잡았다. 다른 손으로는 뒷발을 잡고 번쩍 들어올렸다. 다리를 위로 해 거꾸로 치켜들었기에 두꺼비가 보기엔 그 거룻배가 파란 하늘에 둥둥 떠가는 것처럼 보였다. 갑자기 귓전을 스쳐가는 바람 소리가 들려왔다. 그리고 다음 순간 두꺼비는 자신이 발버둥치며 날아가는 중임을 깨달았다.

두꺼비가 요란하게 풍덩 소리를 내며 빠져든 물은 그의 기호에는 맞지 않게 너무 차다는 사실이 입증되었다. 그렇지만 두

　꺼비의 끓어오르는 성질이나, 하늘 높이 솟아오르는 자만심을 잠재우기에 충분할 정도로 차갑지는 않았다. 수면 위로 솟아올라서, 눈에 걸린 오리풀을 밀쳐낸 두꺼비의 눈에 맨 처음으로 보인 것은 여인이 거룻배의 후미에 서서 그를 지켜보며 웃는 광경이었다. 두꺼비는 기침을 하며 꼴깍거리면서도 그 여인에게 복수하겠다고 다짐했다.
　두꺼비는 강변으로 나오려 했다. 하지만 입고 있는 무명 드레스가 그의 움직임을 지겹게도 방해했다. 그래도 결국 땅에 닿았지만, 이번에는 아무 도움 없이 가파른 강둑을 올라가는 것이 쉬운 일이 아님을 깨달았다. 우선 숨이라도 돌리기 위해 일 분 혹은 이 분이라도 쉬어야만 했다. 그런 다음에는 젖은 치마를 걷어올리고, 분노와 복수심에 불타올라 그의 다리가 허용하는 최고 속도로 그 거룻배를 쫓아갔다.

두꺼비가 나란히 서서 달리게 되었을 때까지도 웃고 있던 거룻배의 여인이 소리쳤다.

"네 지저분한 몸이나 깨끗하게 빨아라, 엉터리 세탁부야!"

그 여인은 계속 소리쳤다.

"그 다음에는 주름진 얼굴과 손을 다림질하고. 그러면 멋쟁이 두꺼비가 될 수 있을걸!"

두꺼비는 대꾸조차 하지 않고 계속 달렸다. 오직 단단히 복수하겠다는 생각뿐이었다. 마음 속에 여인에게 소리쳐 주고 싶은 말들이 떠오르기는 했지만, 두꺼비는 말로 앙갚음하는 싸구려 복수를 원하지 않았다. 두꺼비는 자신의 앞에서 원하는 것을 발견했다. 거룻배를 끌고 가는 말이 보이자 두꺼비는 더욱 속도를 내 달려가다가 거룻배와 연결된 밧줄을 풀어 던져 버린 다음 말 등에 뛰어올라 그 말의 옆구리를 걷어차며 힘껏 달리게 했다. 배 끄는 길을 버리고 들판을 건너뛰어 오솔길로 들어서게 조종했다. 뒤를 돌아보니, 그 거룻배가 빙글 돌아 운하의 반대편으로 가는 광경이 보였다. 그 거룻배의 여인은 미친 듯이 손을 저으며 소리쳤다.

"거기 서! 거기 서라니까!"

"그런 소리는 전에도 들어본 적이 있지."

두꺼비는 이렇게 말하고 웃으며 그 말이 계속 달리도록 옆구리를 걷어찼다.

거룻배를 끄는 말은 격렬한 운동에는 적합치 않았다. 달리던

발걸음이 곧 속보로 변했고, 얼마 안 있어서는 평상시의 걷는 속도로 돌아왔다. 그래도 두꺼비는 만족스럽기만 했다. 자신은 계속 움직이는 데 반해, 거룻배는 그렇지 못하다는 것을 알기 때문이었다. 기분도 많이 좋아졌다. 자신의 현명함을 입증할 수 있는 일을 해낸 것이다. 그러기에 따사로운 햇살을 받으며 샛길과 승마 전용도로를 이용해 느긋하게 걸어가며 진정으로 만족스러움을 느낄 수 있었다. 운하를 멀리 벗어날 때까지는 자신이 맛있는 식사를 했던 것이 언제였는지 따위의 우울한 생각은 하지 않으려고 애썼다.

두꺼비는 따사로운 햇살을 받으며 말을 타고 몇 마일을 계속 걷다가 꾸벅꾸벅 졸기 시작했다. 말은 갑자기 멈추어 서서 머리를 숙이고 풀을 뜯어먹었다.

그 순간 깨어난 두꺼비는 말등에서 떨어지지 않으려고 몸부림쳐야 했다. 그리고 자세를 바로잡을 수 있게 되자 주위를 둘러보았다. 공원에 들어와 있었다. 두꺼비의 시선이 닿는 곳 어디에나 가시금작화와 검은딸기나무가 여기저기에서 군락을 이루고 있을 뿐이었다.

두꺼비에게서 멀지 않은 곳에 서 있는 집시들의 초라한 마차도 보였다. 그 옆에는 한 남자가 양동이를 뒤집어놓고 그 위에 걸터앉아서 숲을 바라보고 있었다. 근처에는 잔가지를 끌어모아 피운 불이 타오르고 있었다. 그 불 위에 걸어 놓은 철제 냄비에서는 김과 함께 거품이 끓어오르고 있었다. 따뜻하고 풍요로운 식욕을 돋구는 냄새도 풍겨 왔다. 여러 가지 재료가 뒤섞여 끓으면서 한 가지로 뭉쳐서 풍기는 냄새였다. 위안과 평안의 어머니, 진정한 여신인 자연이 형태를 갖추고 자식들에게 모습을 드러낸 바로 그 정수와도 같은 완벽한 냄새가 풍겼다.

두꺼비는 그제서야 전에는 실제로 배가 고팠던 것이 아님을 깨달았다. 그가 그 이전에 느꼈던 것은 단순한 시장기에 불과했다. 지금 풍기는 냄새가 진짜이다. 틀림없다. 빠르게 처리해야 했다. 그렇지 않으면 누군가가 혹은 무엇인가가 나타나 문제를 일으킬 것이다.

두꺼비는 집시를 바라보며 그와 싸우는 것이 쉬울지 혹은 그를 유혹하는 것이 쉬울지를 생각해 보았다. 그래서 그는 거기에 앉아 냄새를 맡으며 집시를 바라보았다. 집시 남자도 앉아서 담배를 피우며 두꺼비를 바라보았다.

집시는 입에서 파이프를 빼내고 지나가듯이 말했다.
"그 말을 팔고 싶은가요?"

두꺼비는 깜짝 놀랐다. 집시들이 말 거래도 한다는 것과 절대로 기회를 놓치지 않는다는 사실을 전혀 몰랐기 때문이었다. 집시들은 끊임없이 이동하며 무엇이든지 사고 판다는 사실을 생각해 보지도 않았다. 두꺼비는 이제까지 말을 현금과 바꿀 수 있다는 생각을 해본 적은 없지만, 집시의 제안은 두꺼비가 원하는 맛있는 아침식사와 돈이라는 두 가지 목적을 좀더 쉽게 이룰 수 있는 방법이었다.

"뭐라구요?"

두꺼비가 말했다.

"이 아름다운 어린 말을 팔라구요? 오, 안 돼요. 그건 생각해 볼 필요도 없는 제안이에요. 이 말이 없으면 매주 어떻게 세탁물을 나를 수 있겠어요? 게다가 나는 이 말을 참 좋아해요. 몹시 아끼는 말이라구요."

"그런 일이라면 당나귀를 이용해도 되지 않을까요? 당나귀에게도 얼마든지 정을 붙일 수 있고 말이오. 그렇게 하는 사람들이 많거든요."

집시가 말했다.

"당신은 이해하지 못하는 것 같은데요, 이 멋진 말이 당신들이 상대하기에 너무 비싸기는 해요. 혈통이 있다니까요. 물론 당신에게는 그렇지 않은 것처럼 보이겠지만요, 실제로는 좋은 혈통에서 나온 말이라구요. 한창 때에는 상도 많이 받았어요. 그렇다고 지금은 늙었다는 얘기가 아니에요. 당신도 보면 알 수 있잖아요. 말에 대해 조금이라도 안다면 말이죠.

그래요. 난 이 말을 팔겠다는 생각은 단 한 번도 해본 적이 없어요. 어쨌든 단순히 호기심에서 묻는 건데요, 이 말을 사겠다면 도대체 얼마나 주실 생각이에요?"

집시는 말을 자세히 살펴보았다. 또 두꺼비도 쳐다보고 다시 말을 보면서 말했다.

"다리 하나에 1실링이오."

"다리 하나에 1실링이라구요!"

두꺼비가 소리 질렀다.

"좀 생각해 봐야겠는데요."

두꺼비는 말에서 내렸다. 말이 풀을 뜯어먹도록 내버려두고, 집시 옆에 앉아서 손가락을 꼽아가며 계산을 하더니 말했다.

"다리 하나에 1실링이면, 다리가 네 개니까 4실링이군요. 오, 나는 이 아름다운 말을 그런 헐값에 팔 생각은 없어요."

집시가 말했다.

"좋소, 그럼 5실링 주겠소. 이 말의 실제 가격보다 6펜스나 더 주겠다는 거요. 그게 나로서는 마지막 제안이오."

두꺼비는 한동안 곰곰이 생각해 보았다. 그는 몹시 배가 고프고, 돈이라고는 한 푼도 없었다. 그런데도 아직 집까지는 멀었다. 두꺼비는 그 점을 분명히 알고 있었다. 누구든지 이러한 상황에 처하면 5실링이 매우 큰 돈으로 보일 것이다. 한편 말 한 필 가격으로는 너무도 형편없는 것 같았다. 하지만 다시 생각해 보니 그 말은 돈 한 푼 들이지 않고 끌고 온 것이다. 그러니 몇 푼을 받든지 그 돈은 순수익이다. 마침내 두꺼비가 단호하게 말했다.

"이봐요, 집시! 내 얘기를 들어봐요. 하지만 이게 마지막 얘기예요. 먼저 6실링하고 6펜스를 줘요. 현금으로요. 그리고 거기에 덧붙여서 아침식사를 할 수 있도록 해줘요. 당신처럼 멋진 철제 의자에 앉아서, 사방으로 맛있는 냄새를 풍기는 이 음식을 먹게 해줘요. 그 대가로 나는 저 말에 장치된 마구를 모두 드리겠어요. 당장에라도 마음껏 타고 다닐 수 있도록 말이에요. 이 조건이 마음에 들지 않는다면 얘기하세요. 몇 년 전부터 이 말을 탐내는 사람이 이 근처에 살고 있으니까요."

집시는 몹시 투덜거리면서 이런 식으로 몇 번만 더 장사를 하면 파산하고 말겠다는 얘기까지 했다. 그러나 결국에는 뒷주머니에 깊숙이 찔러두었던 때문은 주머니를 꺼내 6실링 6펜스를 세어 두꺼비의 앞발에 쥐어 주었다.

그런 다음 마차 안으로 들어가 곧 커다란 쇠접시와 나이프, 포크, 스푼을 가지고 나왔다. 그리고 냄비에서 맛있는 냄새를 풍기는 스튜를 접시에 담았다. 메추라기, 꿩, 닭, 토끼 고기를 비롯한 몇 가지를 더 넣고 만든, 정말 이 세상에서 가장 맛있는 스튜였다.

두꺼비는 접시를 받아 무릎에 올려놓고 게걸스럽게 먹어대기 시작했다. 순식간에 비운 다음 계속 더 달라고 요청했고 집시는 아낌없이 더 주었다. 두꺼비는 그의 일생에서 가장 맛있는 아침을 먹었다고 생각했다.

두꺼비는 배가 터질 만큼 많이 먹고서야 일어나 집시에게 작별인사를 하고 말에게도 애정이 넘치는 인사를 했다. 강변 지역을 잘 아는 집시는 어느 길로 가야 하는지 가르쳐 주었다.

두꺼비는 더 이상 좋아질 수 없을 정도로 기분 좋게 다시 여행을 떠날 수 있었다. 실제로 그는 몇 시간 전의 두꺼비가 아니었다. 햇빛은 눈부시게 반짝이고, 젖었던 옷도 바싹 말랐다. 주머니에는 돈도 있다. 그리고 집과 친구들이 있는 곳에, 즉 안전한 곳에 가까이 왔다. 그 무엇보다도 좋은 것은 오랜만에 뜨겁고 영양이 풍부한 식사를 했다는 점이었다. 그 덕분에 힘이 나고 자신감에 넘치게 되었다.

두꺼비는 활기차게 걸으며 자신의 모험과 탈출을 생각해 보았다. 자신이 최악의 상황에 빠졌을 때마다 빠져나갈 수 있는 방법을 찾아냈다는 생각을 하면서 자랑스럽고 우쭐해졌다.

"하! 하! 하!"

두꺼비는 턱을 치켜들고 통쾌하게 웃었다.

"나는 얼마나 현명한 두꺼비인가! 이 세상 전체를 통틀어 보아도 나만큼 현명한 동물은 없어! 적들은 나를 보초가 지키는 감옥에 가두고, 간수는 밤이고 낮이고 감시했지만, 나는 용감하게 당당히 걸어 그들의 눈앞을 통과해서 나왔어.

추적자들도 있었지. 권총을 들고 기관차까지 동원해 경찰들이 추적해 왔어. 나는 그들에게 멋지게 손을 흔들어 인사해 준 다음 사라졌지. 불행하게도 뚱뚱하고 힘이 세고 마음씨 고약한 여자에게 붙잡혀 운하에 빠지는 신세가 되었지만, 그런 건 아무것도 아니었어. 헤엄을 쳐서 땅 위로 올라와 그 여자의 말을 빼앗아 멋지게 복수를 했잖아. 그런 다음 그 말을 팔아 주머니가 두둑해졌고, 맛있는 아침식사도 했고. 하! 하! 하! 나는 멋지고 인기 있고, 무슨 일을 하든지 성공하는 두꺼비야!"

두꺼비는 한껏 부풀어오른 자만심으로 자신을 칭찬하는 노래를 불렀다. 그 근처에는 자신 외에 아무도 없었지만, 두꺼비는 목청껏 소리 높여 노래를 불렀다. 아마도 그 어떤 동물도 들어보지 못했던 자만심 가득한 노래였을 것이다.

역사책에서 보는 것처럼
이 세상에는 영웅이 많지만
두꺼비의 명성과 비교하면
그 모두가 헛된 이름이네!

옥스퍼드 대학의 현자들은
알려진 지식은 모두 알고 있지만
그들 중의 그 누구도
두꺼비가 알고 있는 지식을 반도 따라오지 못하네.

노아의 방주에 앉아 있는 동물들이 울부짖네.
주룩주룩 눈물을 흘리며 울고 있네.
누가 얘기했었나 육지가 가깝다고?
용기를 주는 미스터 두꺼비.

길을 따라 행진하면서
군인들 모두 경례를 했네.

왕이었나? 혹은 요리사였나?
아니야, 미스터 두꺼비에게 하였네.

여왕과 시녀들이
창가에 앉아 수를 놓고 있었네.
여왕이 소리치네, '저 멋진 남자는 누구인가?'
시녀들이 대답하네, '미스터 두꺼비이십니다.'

이런 식의 노래를 많이 불렀지만 여기에 글로 옮기기에는 너무나 엄청나게 자만에 찬 내용들뿐이었다. 그 중 이 노래가 가장 겸손한 가사의 일부분이다.

두꺼비는 신나게 노래하며 걸었고, 걸으면서 노래했다. 그리고 시간이 지날수록 자만심은 더욱 부풀어올랐다. 그러나 오래지 않아 두꺼비의 자만심은 심각한 위기를 맞이하게 되었다.

시골길을 몇 마일 걷고 나자 고속도로에 도달했다. 두꺼비는 그 도로에 올라 서서 길게 뻗은 흰 자갈길의 양쪽을 살펴보았다. 멀리서 조그만 점이 점점 커지며 다가오는 것이 보였다. 눈에 익은 모습이다. 너무도 잘 알고 있는 자동차 경적을 울리는 소리가 들려와 두꺼비를 기쁘게 했다.

흥분한 두꺼비가 소리쳤다.

"바로 저거야! 진짜 인생으로 다시 돌아온 거야. 내가 오랫동안 그토록 그리워했던 진짜 인생이야! 저 차를 세워야겠어.

그리고 내 사정 얘기를 하는 거야. 이제까지는 성공했잖아. 그러면 나를 태워줄 거야. 운만 따라준다면 나를 토드 홀까지 태워다 줄 거야. 그러면 멋지게 자동차를 타고 들어가는 거야. 오소리가 그 광경을 꼭 봐야 하는데……."

두꺼비는 자동차를 세우려고 당당하게 큰 길로 나갔다. 자동차는 그가 서 있는 곳에 가까이 오며 속도를 줄였다. 그 차의 모습이 점점 확실히 보이게 되었을 때 갑자기 두꺼비의 얼굴이 창백해졌다. 뜨겁던 가슴은 차가워지고, 무릎은 떨리며 힘이 빠지고, 뱃속은 갑자기 뒤엉키는 것 같아 배를 움켜잡고 그대로 쓰러졌다.

불쌍한 동물. 점점 가까이 다가오는 자동차는 이 모든 일의 발단이 된 사건의 주역인 바로 그 차였던 것이다! 두꺼비가 〈붉은 사자 호텔〉에서 훔쳐 탔던 바로 그 차였다. 그 차를 타고 있는 건 두꺼비가 찻집에 앉아서 식사할 때 보았던 바로 그 사람들이었다!

두꺼비는 초라하고 비참한 모습으로 길에 주저앉아서 절망에 빠져 중얼거렸다.

"끝났어! 모든 것이 끝났어! 다시 경찰에 체포되어 사슬로 묶이고, 마른 빵과 물만 먹으며 살아야 해! 오, 나는 어이없는 바보였어! 도대체 뭐가 좋다고 그렇게 활보했던 거야? 자만심에 들떠 고래고래 노래를 부르고, 도대체 왜 고속도로에 나와 차를 세우려 했던 걸까! 가만히 숨어 있다가 밤이 되어 조용히 집안으로 숨어 들어갔으면 이런 불행은 겪지 않았을 것 아냐. 오, 바보 같은 두꺼비! 불운한 두꺼비!"

그 끔찍한 자동차는 점점 가까이 왔다. 두꺼비는 자신의 바로 옆에서 그 차가 멈추어 서는 소리를 들을 수 있었다. 신사 두 명이 내려와 길에 형편없는 모습으로 쓰러져 있는 두꺼비에게로 가까이 왔다. 그들 중의 한 사람이 말했다.

"맙소사, 이런 비참한 일이 있나. 세탁부 같은데 가련하게도 길을 걷다가 기절한 모양이야. 어쩌면 너무 더워서 쓰러졌는지도 모르고, 불쌍하게도. 어쩌면 하루 종일 아무것도 못 먹었는지도 몰라. 자, 이 여인을 들어 차에 태우고, 가까운 마을로 가자구. 틀림없이 이 여자의 친구를 찾을 수 있을 거야."

그들은 조심스럽게 두꺼비를 들어 자동차에 태웠다. 그리고 푹신한 좌석에 앉힌 다음 출발했다.

두꺼비는 동정어린 애기 소리를 듣고, 그들이 두꺼비의 정체를 깨닫지 못했음을 알았다. 순간 두꺼비의 용기가 되살아났다. 그리고 호기심에 한쪽 눈을 뜨고 주위를 살펴보았다. 그런 다음 나머지 한쪽 눈도 마저 떴다.

한 신사가 소리쳤다.

"이봐! 이 아주머니가 좀 나아졌나 본데. 시원한 바람이 효력이 있었던 거야. 좀 어떠세요, 아주머니?"

"자비를 베풀어 주셔서 고맙습니다. 훨씬 좋아진 것 같아요."

두꺼비가 나약한 목소리로 중얼거렸다.
"다행입니다."
그 신사가 말했다.
"가만히 계십시오. 힘들여 말하려고 애쓰실 것 없어요."
두꺼비가 말했다.
"안 그럴게요. 그리고 내 생각에는 운전수 옆자리에 앉으면 훨씬 더 좋아질 것 같아요. 신선한 공기를 마실 수 있을 테니까요. 그러면 곧 완전히 나아질 거예요."
"현명한 생각이십니다! 그러시는 것이 좋겠군요."
그 신사가 말했다.
그들은 조심스럽게 두꺼비를 운전수 옆자리에 앉게 해주었고, 자동차는 다시 출발했다.
두꺼비는 이제 거의 완전히 자신감을 되찾았다. 그러나 계속되는 차의 떨림을 느끼면서 가슴 속에서 오래 전부터 간직해오던 운전을 하고 싶다는 마음을 억누르려고 애썼다. 하지만 그는 예전의 갈망에 사로잡혔다.
"이건 운명이야. 발버둥칠 이유가 없어."
두꺼비가 혼자서 중얼거렸다. 그리고 운전사에게로 시선을 돌렸다.
"부탁이 있어요, 잠깐 동안만이라도 제가 운전을 해볼 수 있도록 허락해 주시겠어요? 저는 당신이 운전하시는 모습을 자세히 지켜보았어요. 매우 흥미로우면서도 어렵지 않은 일로 보이는군요. 그리고 친구들에게 나도 자동차를 운전해 본 적이 있다고 자랑하고 싶거든요."

운전사는 그런 어이없는 제안을 받자 웃음을 터뜨렸다. 너무도 호탕하게 웃어 뒷자리의 신사가 무슨 일이냐고 묻기까지 했다. 그 신사는 자세한 얘기를 듣자, 두꺼비로서는 기쁘기 그지없게도 이렇게 말했다.

"아주머니, 만세! 아주머니의 기질이 마음에 듭니다. 아주머니가 한번 운전해 보시도록 해드려. 옆에서 도와 주면 되겠지. 별일 없을 거야."

두꺼비는 운전사가 비워 준 자리로 옮겨 갔다. 자존심에 상처를 입기는 했지만 운전대를 잡고 운전사가 들려주는 당부의 말을 들어야 했다. 두꺼비는 자동차를 출발시켰다. 처음에는 조심한다는 것을 보여주기 위해 천천히 조심스럽게 운전했다.

뒷자리에 앉은 두 신사는 박수를 쳐주었다. 두꺼비는 그들이 얘기하는 것도 들었다.

"정말 잘하시는네! 처음인데 이렇게 운전을 잘 하시다니."

두꺼비는 조금 빨리 몰았다. 그리고 점점 더 속도를 높였다. 두 신사가 경고하듯이 얘기하는 소리가 들려왔다.

"조심해요, 세탁부 아주머니!"

두꺼비는 화가 나서 제정신이 아니었다.

운전사가 두꺼비를 밀어내려 했다. 그러나 두꺼비는 팔꿈치로 운전사를 밀치고 차의 속도를 더욱 높였다. 얼굴에는 세찬 바람이 몰아치고, 귓가에는 엔진 소리가 들려왔다. 두꺼비는 약간씩 튀어오르기도 하며 달려가는 자동차의 느낌에 반했다.

두꺼비가 무모하게도 이렇게 중얼거렸다.

"세탁부 아주머니, 내가 그렇게 보이시나? 하! 하! 나는 두꺼비야! 자동차를 슬쩍하고, 감옥에서 달아나고, 언제나 도망가는 두꺼비라고! 가만히들 앉아 있으면 진짜 운전이란 무엇인지 알게 될 거야. 당신들 운명은 유명하고, 능숙하며, 두려움이라곤 모르는 이 두꺼비의 손 안에 있으니까."

그들은 모두 두려움에 가득 찬 비명을 지르며 벌떡 일어나서 두꺼비에게 달려들었다.

"저놈을 붙잡아! 저 두꺼비를 잡아! 우리 자동차를 훔쳐갔던 질 나쁜 동물이야. 저놈을 잡아 묶어서 가까운 경찰서로 끌고 가는 거야! 위험한 놈이야!"

'아하! 그렇게 생각하시겠지. 어떻게든 이 자동차를 멈추게 하셔야 할 텐데, 그런 계획을 얘기할 때는 좀더 신중하셔야지.'

두꺼비는 이런 생각을 하며 핸들을 돌려 자동차가 도로를 벗어나고, 도로와 나란히 자라는 울타리 나무를 통과해 들판으로 들어가도록 운전했다. 자동차는 한 번 크게 튕기더니 바퀴 네 개가 모두 진흙탕에 빠지고 말았다.

두꺼비는 자신이 공중으로 높이 튀어올라 물찬 제비처럼 나는 것을 느꼈다. 두꺼비는 그 느낌이 마음에 들었다. 그리고 공중을 나는 동안에 날개가 돋아나 두꺼비새가 되는 게 아닌지

궁금해졌다. 두꺼비는 순간적으로 쿵 하는 소리와 함께 부드러운 잔디밭에 떨어졌다. 일어나 앉으니 진흙탕에 빠진 자동차를 볼 수 있었다. 자동차는 반쯤 빠진 상태였고, 긴 코트를 입고 있어 행동에 방해를 받는 두 신사와 운전사는 물 속에서 어찌할 바를 모르고 마구 팔을 휘저어댔다.

두꺼비는 재빨리 몸을 일으키고 가능한 한 최고 속도로 달렸다. 울타리 나무를 헤집고, 웅덩이를 건너뛰고, 들판을 가로질러 뛰었다. 숨이 차고 다리에 힘이 빠져 걸어야만 할 때까지 뛰었다. 어느 정도 숨을 가다듬고, 차분히 생각할 수 있게 되었을 때 두꺼비는 키득거리며 웃기 시작했다. 그 키득거림은 웃음으로 발전했고, 너무 웃다가 지쳐 울타리 나무 밑에 주저앉아야만 했다.

두꺼비는 자만심에 취한 상태에서 소리질렀다.

"두꺼비다운 행동이었어! 언제나 최고라는 명성을 떨치는 두꺼비다운 행동이었어! 그들은 나에게 완전히 속아 넘어가서 나를 태워 주었어! 시원한 바람을 쐬어야 한다며 앞자리로 옮겨 달라고 그들을 속인 것도 나였어. 핸들을 맡겨 보라고 그들을 설득한 것도 나였고, 아무 다친 데 없이 하늘을 날아 잔디밭으로 나온 것도 나뿐이었어. 마음씨가 고약한 그 여행자들은 당연한 벌을 받아 진흙탕에 빠졌고. 그래, 나는 두꺼비야. 영리한 두꺼비, 위대한 두꺼비야!"

그리고 두꺼비는 또다시 소리 높여 노래 불렀다.

자동차가 가네, 부릉부릉 부르릉.
도로를 따라 달리네.
그 자동차를 진흙탕으로 밀어넣은 것은 누구였나?
미스터 두꺼비, 그대는 천재!

"오, 나는 어떻게 이처럼 영리할 수 있을까! 영리한 두꺼비, 영리한 두꺼비, 영리한······."

뒤편에서 희미한 소리가 들려와 두꺼비는 걸음을 멈추고 뒤를 돌아보았다. 그 두려움! 그 비참함! 그 좌절!

밭고랑 두 개 정도 너머에 가죽 장화를 신은 운전사와 지방 경찰관들이 두꺼비를 향해 맹렬히 달려오고 있었다!

불쌍한 두꺼비는 정신을 차리고 다시 뛰기 시작했다. 숨이 턱에 차오를 지경이었다.

두꺼비는 헉헉거리며 중얼거렸다.

"맙소사! 머릿속은 텅 비고 자만심만 가득 찬 바보야! 기고만장했었지? 고래고래 소리치며 노래했었지? 조용히 앉아 어두워지기를 기다릴걸, 오, 바보 같으니라고."

두꺼비가 뒤를 돌아보았더니 당황스럽게도 그들과의 거리가 점점 좁혀지고 있었다. 필사적으로 뛰었지만 뚱뚱하고, 다리는 짧아 빨리 달릴 수가 없었다. 이제는 가까이까지 다가온 그들의 소리를 들을 수 있었다. 두꺼비는 이제 자기가 어디로 갈지 생각할 틈도 없이 무작정 뛰었다. 뒤를 돌아보니 이제는 의기

양양해진 적들이 어깨 너머에 있었다. 갑자기 두꺼비의 발에 닿던 땅이 사라졌다! 두꺼비는 허공을 움켜쥐었지만, 풍덩! 그는 자신의 몸이 완전히 물 속으로 빠져들었음을 깨달았다. 매우 빠르게 흘러가는 물에 빠졌다. 두꺼비로서는 어찌해 볼 수 없는 빠른 물살에 밀려 떠내려갔다.

마침내 두꺼비는 — 당황해서 아무 생각도 떠오르지 않는 중에도 — 자신이 강물로 뛰어들었음을 깨달았다.

두꺼비는 수면 위로 떠올라 강기슭에서 자라는 갈대와 골풀을 움켜잡으려 했다. 그러나 물살이 너무 세기 때문에 두꺼비의 손에 잡힌 풀은 뿌리까지 뽑힐 뿐이었다.

"오, 맙소사."

가련한 두꺼비는 헉헉거렸다.

"두 번 다시 자동차를 훔치지 않겠어! 두 번 다시 자만심에 가득 찬 노래를 부르지 않겠어!"

두꺼비는 계속 떠내려가며 숨도 제대로 쉬지 못하고 발버둥치다가 수면으로 떠올랐을 때, 강둑에 나 있는 구멍을 보았다. 머리 바로 위편이다. 물살을 타고 그 밑을 지나게 되자 두꺼비는 앞발을 들어올려 구멍의 가장자리를 움켜잡았다. 그런 다음 천천히, 어렵사리 자신의 몸을 끌어올렸다. 마침내 팔을 구멍 속에 올려놓고, 잠시 숨을 돌릴 수 있었다.

두꺼비는 기진맥진한 상태였기에 한동안 그 자세 그대로 있어야 했다.

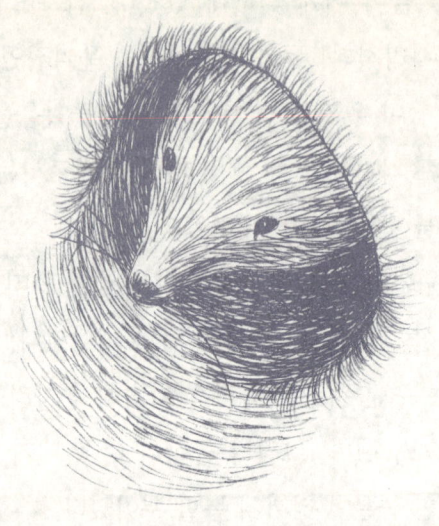

두꺼비가 한숨을 내쉬고 어두운 구멍 속을 들여다보니 무엇인가 이상한 것이 보였다. 깊은 곳에서 반짝이는 조그만 것이 두꺼비에게로 가까이 오고 있었다. 점점 가까워지자 얼굴이 희미하게 나타나기 시작했다. 친근하게 느껴지는 얼굴이었다!

수염이 난 갈색 얼굴!

진지한 인상을 풍기는 부드러운 털에 쌓인 둥근 얼굴. 조그만 귀.

그것은 물쥐였다!

11. 여름 폭풍우 같은 눈물을 흘리다

물쥐는 조그만 갈색 앞발을 내밀어 두꺼비의 목덜미를 움켜잡고 힘껏 끌어당겼다. 물에 잠겨 있던 두꺼비는 천천히 구멍 속으로 올라와 마침내 안전하게 설 수 있게 되었다. 온 몸은 물풀과 진흙투성이였고, 몸에서는 물이 뚝뚝 떨어졌다. 그러나 두꺼비는 다시 예전처럼 즐겁고 유쾌한 기분을 회복했다. 친구의 집에 들어섰으니 숨고 도망치는 일은 이제 끝난 것이다. 자신의 신분에도, 또 그가 살아가는 화려한 인생에도 어울리지 않는 변장을 벗어 버릴 수 있게 되었다.

두꺼비가 말했다.

"오, 물쥐! 지난번에 너와 헤어진 이후 나는 많은 일을 겪었어. 너로서는 상상도 할 수 없는 일들이지. 재판도 받았고, 고

통도 겪었어. 하지만 모든 것을 잘 참고 이겨냈지. 변장하고 멋지게 탈출한 거야. 멋진 계략을 세워 현명하게 일을 처리했지. 감옥에 갇혔지만 빠져나왔고, 운하에 빠졌을 때는 수영을 해서 강둑으로 올라왔지. 말을 훔치고……. 큰 돈을 받고 팔기도 했고! 많은 사람들이 내게 속아 넘어갔지. 모든 일이 내가 바라는 그대로 된 거야! 오, 나는 영리한 두꺼비야! 전혀 과장이 아니야. 너는 이번의 내 모험에 대해 어떻게 생각하니? 내 얘기를 잘 들어 봐……."

물쥐가 심각하고 단호하게 말했다.

"두꺼비야, 즉시 위층으로 올라가라. 여자 세탁부가 입었던 것 같은 그 낡은 무명 드레스를 벗어 버리고, 몸을 깨끗이 씻고 내 옷으로 갈아입어. 신사답게 꾸미고 내려오라고. 지금 네 꼴이 어떤지 알아? 나로서는 이제까지 한 번도 본 적이 없는 너무 형편없는 모습이란 말이야. 거들먹거리면서 쓸데없는 얘기를 늘어놓는 것은 그만두고, 빨리 올라가!"

두꺼비는 처음에는 물쥐에게 반항하려 했다. 감옥에 있을 때는 이렇게 혹은 저렇게 하라는 명령을 받으며 살아야 했다. 그것만으로도 충분하다. 그런데 여기에 와서 또다시 명령을 받게 되었다. 그것도 물쥐로부터. 어떻든 두꺼비는 일어나면서 모자걸이 위편에 걸려 있는 거울에 비친 자신의 모습을 흘깃 보았다. 낡은 검은색 모자를 삐딱하게 쓰고 있는 모습은 멋지기만 했다. 그렇지만 생각을 바꾸어 재빨리 위층 물쥐의 욕실로 올

라가서 깨끗하게 씻고, 빗질도 했다. 그런 다음 물쥐의 옷으로 갈아입고, 거울 앞에 서서 자랑스럽고 기분이 좋아서 자신을 바라보았다. 그러한 자신을 잠시라도 여자 세탁부로 보았던 사람들은 정말로 어리석은 바보들이라는 생각도 들었다.

두꺼비가 아래층으로 내려와 보니 식탁에는 점심식사가 차려져 있었다. 두꺼비는 그 광경을 보자 몹시 기뻤다. 집시가 준 아침식사를 한 이후 운동량이 많은 힘든 경험을 한 다음이어서 몹시 배가 고팠던 것이다.

식사하는 동안 두꺼비는 물쥐에게 자신의 경험담을 얘기했다. 오직 자신이 영리하여 위기 때에도 침착성을 잃지 않고 또 교묘하게도 발견하기 어려운 틈새를 이용해 모든 어려움을 돌파했던 얘기를 들려주었다. 자신의 경험을 극단적으로 화려하게 채색해서 들려준 것이다. 그러나 두꺼비가 자랑을 늘어놓으며 얘기를 계속할수록 물쥐는 더욱 심각해지고 말이 없어질 뿐이었다.

마침내 두꺼비가 제풀에 입을 다물었을 때 그들 사이에는 한동안 정적만 감돌았다. 그러다가 물쥐가 입을 열었다.

"이봐, 두꺼비야, 그런 어려움을 겪고 난 너에게 또 다른 고통을 안겨주고 싶은 생각은 없지만, 너무 심각하다는 생각이 들어서 하는 얘기인데, 네가 얼마나 바보 같은 짓을 하고 다녔는지 모르겠니? 네 입으로도 얘기했지만 너는 수갑도 차 보고, 감옥에도 갇혀 보고, 굶주림도 경험했고, 생명을 위협당하며 죽어라고 도망다니기도 했어. 모욕이란 모욕은 다 당하고, 그것도 부족해 무식한 여자에게 붙잡혀 물 속에 빠지는 험악한 경험까지 했어. 도대체 그런 일들이 뭐가 그렇게도 재미있다는 거지?

그리고 그 모두 네가 집을 뛰쳐나가 자동차를 훔쳤기 때문이야. 너는 자동차를 처음 본 이후 계속해서 말썽만 일으키고, 어려운 일들을 겪고 있다는 사실을 깨닫지 못하고 있어. 싫증날 때도 됐는데 도대체 왜 이러니? 넌 무슨 일이든지 시작한 지 5분 후면 이미 싫증내기 시작하잖아. 그런데 이번에는 왜 차를 훔치기까지 한 거야? 재미있다는 생각이 들면 불구자가 되기라도 해보겠다는 거야? 변화를 위해서는 파산하는 것도 괜찮고? 왜 범죄자가 되려는 거야?

너는 도대체 언제나 정신을 차리고 네 친구들을 생각하며, 누구에게나 신뢰받는 동물이 될래? 동물들이 내가 지나갈 때마다 범죄자의 친구라고 수근거리면, 나는 기분이 좋겠니?"

두꺼비는 워낙 마음씨가 좋기 때문에 친구의 잔소리를 들으면서도 전혀 속상해 하지 않는 성격이라서 천만 다행이었다. 그리고 자신에게 어떤 비난을 하더라도 두꺼비에게는 좋은 면을 볼 수 있는 능력이 있었다. 그럼에도 불구하고, 물쥐가 진지하게 얘기하는 동안 두꺼비는 계속 혼자서 중얼댔다.

"하지만 정말 재미있었어! 정말 굉장했었어!"

그리고는 억눌린 듯한 이상한 소리를 냈다.

"킥-큭-큭, 폽프-프-프."

콧방귀를 참았을 때나 소다수병을 딸 때 나는 것과 비슷한 소리를 내기도 했다. 그럼에도 물쥐가 얘기를 거의 마칠 때는 깊은 한숨을 내쉬며 뉘우치는 듯한 태도로 얘기했다.

"네 말이 맞다, 물쥐야. 그래, 너는 언제나 합리적으로 생각하니까. 나는 자만심으로 가득 찬 바보였어. 나도 그 점을 분명히 느낄 수 있어. 그렇지만 이제부터는 그런 짓은 그만두고 좋은 두꺼비가 되겠어. 자동차의 경우만 해도, 이번에 강에 빠졌던 이후로는 깨끗이 잊었어. 사실대로 말하자면, 네 집의 입구에 매달려서 숨을 가다듬는 동안 새로운 생각이 떠올랐기 때문이야 — 멋진 생각이었어 — 모터 보트와 관련된 생각이었어. 오, 네 대답을 원하는 것은 아니야. 모터 보트에 대해 아무런 얘기도 하지 말았으면 좋겠어. 그저 생각일 뿐이니까. 그 얘기는 이 정도로 끝내자.

우리 커피를 마시고 담배를 피우면서 얘기하는 것은 어떨까? 그런 다음 토드 홀로 돌아가서 내 옷으로 갈아입고 예전처럼 살아가야지. 모험은 충분히 해보았으니까. 조용히 품위 있는 생활로 돌아가야겠어. 내 집에서 한가로운 시간을 보내며 더 멋진 집으로 가꾸어 보겠어. 가끔은 정원도 가꾸면서 말이야. 친구들이 나를 만나려고 찾아올 경우를 생각해서 항상 밤참도 준비해 놓고, 정원에는 조깅을 한 다음 쉴 수 있도록 긴 의자도 비치해 놓겠어. 내가 침착성을 잃고 무엇인가를 해보고 싶어하기 전의 생활로 돌아가는 거지."
"토드 홀로 돌아간다고? 너 도대체 무슨 얘기를 하는 거야? 아무 얘기도 듣지 못했단 말이야?"
물쥐가 어이없어 하며 소리 질렀다.
"무슨 얘기를?"
두꺼비가 의아해 하며 물었다.
"얘기해 봐, 궁금하잖아. 무슨 얘긴데?"
"나보고 그런 얘기를 하라는 거야?"
물쥐가 그 조그만 주먹으로 테이블을 내리치며 소리 질렀다.
"족제비와 담비에 관해 아무 얘기도 듣지 못했단 말이야?"
"누구? 자연림의 친구들 말이야?"
두꺼비의 얼굴이 심각해지기 시작했다.
"아니, 아무 얘기도 못 들었어. 그들이 뭘 어떻게 했는데?"
"그들이 어떻게 토드 홀을 차지했는지 전혀 모른다고?"
물쥐가 계속 말했다.
두꺼비는 두 팔을 테이블에 올려놓고, 앞발로 턱을 괴었다. 그의 눈에서는 굵은 눈물 방울이 흘러내려 테이블까지 떨어졌다. 뚝! 뚝! 뚝!
두꺼비가 중얼거렸다.
"계속 얘기해 봐, 물쥐야. 처음부터 끝까지 모두 다 얘기해 줘. 최악의 순간은 지났어. 나는 다시 정상적인 동물로 돌아왔어. 그러니 무슨 얘기를 들어도 견뎌낼 수 있을 거야."

물쥐가 천천히 힘주어 말했다.

"그러니까 네가 문제를 일으켰을 때, 네가 한동안 동물 사회에서 사라졌을 때, 자동차 때문에 문제가 생겼을 때 말이야."

두꺼비는 단순히 머리를 끄덕일 뿐이었다.

"당연한 일이지만, 여기에서 그 사건에 대해 말이 많았어."

물쥐가 계속 말했다.

"강가에서뿐만 아니라 자연림에서까지도 말이야. 항상 그런 식이지만, 동물들은 두 편으로 나뉘었지. 강둑의 동물들은 너의 편이었어. 그리고 네가 억울한 대접을 받고 있고, 도시에서는 정의라는 것이 아예 존재하지도 않는다는 얘기를 들었지. 그렇지만 자연림의 동물들은 험악한 얘기들을 하더구나. 그리고 네가 당연한 벌을 받는 거라고도 했고, 너는 두 번 다시 돌아오지 못할 거라고 얘기하며 돌아다니더구나. 그런 죄를 지었으니 끝장이라고 하면서 말이야."

두꺼비는 또다시 머리를 끄덕이기만 할 뿐 아무 말도 하지 않았다.

"원래가 그런 놈들이잖아."

물쥐가 계속 말했다.

"그렇지만 두더지와 오소리는 이런저런 얘기를 듣고도 태도를 바꾸지 않았어. 어떻게든, 네가 곧 돌아올 거라고 하면서 말이야. 정확히 어떻게 돌아올지는 몰라도, 어떻게든지!"

두꺼비는 다시 똑바로 앉아서 억지로나마 미소를 지었다.

물쥐가 계속 말했다.

"두더지와 오소리는 과거에 있었던 일들을 예로 들며 얘기했어. 그들은 형사법에 의하면 네가 저지른 대단치 않은 범죄에 대해서는 그리 큰 벌을 받지는 않을 거라고 얘기했지. 감옥에 갇혔어도 얼마 안 가서 풀려날 거라고 말이야. 그래서 그들은 토드 홀의 내부를 정리하고 거기에서 잤어. 모든 것이 언제든지 너를 맞이할 채비를 갖추고 있도록 말이야. 물론 그들도 자연림의 동물들이 어떤 짓을 할지 몰라 걱정은 했었지만, 설마 그런 짓까지 하리라고는 전혀 예상하지 못했던 거야.

그래, 이제 고통스럽고 비극적인 얘기야. 마음 단단히 먹고 들어. 어느 날 비가 억수처럼 쏟아붓고, 바람도 강하던 날 밤, 족제비 한 무리가 무기를 들고 살금살금 마찻길로 해서 현관으로 기어들어왔어. 그와 동시에 흰담비들은 필사적으로 정원으로 들어와 뒷마당을 통과해 사무실로 들어가서는 온실, 당구장, 사무실 등등을 점령한 다음, 정원으로 통하는 프랑스식 문을 활짝 열어놓았어."

물쥐는 침을 꿀꺽 삼킨 다음 얘기를 계속했다.

"두더지와 오소리는 흡연실의 벽난로 앞에 앉아서 이런저런 얘기를 하고 있었어. 날씨가 너무 험악해서 어떤 동물도 그런 날에는 쉽게 움직일 수 없으리라고 생각했던 거지. 그렇지만 피에 굶주린 그놈들은 문을 부수고 들어와 사방에서 그들을 덮쳤어. 오소리와 두더지는 최선을 다해 그놈들과 맞섰지만 무슨 소용이 있었겠어? 무기도 없고 더구나 깜짝 놀란 상태인데, 어떻게 백여 마리도 넘는 그 악당들을 상대할 수 있었겠니. 그 악당들은 몽둥이를 마구 휘두르며 덤벼들었고, 우리의 충직한 두 친구는 가련하게 비가 퍼붓는 바깥 세상으로 쫓겨날 수밖에 없었어. 도저히 상상할 수 없는 모욕을 당하고서 말이야."

무감각한 두꺼비는 얘기가 이 부분에 이르자 키득거렸다. 그러나 곧 자세를 바로잡고 매우 진지한 태도로 돌아갔다.

물쥐가 계속 말했다.

"그 이후 자연림의 그 악당들은 토드 홀에서 살고 있어. 아주 멋지게 살고 있지. 한낮이 될 때까지 침대에 늘어져 자고, 아침식사는 아무 때나 하면서 말이야. 집안을 눈뜨고 볼 수 없을 정도로 엉망진창으로 해놓았다는 얘기도 들었어. 네가 보관해 둔 음식과 네 술을 마시면서 너에 관한 야비한 농담이나 하고, 그뿐만 아니라, 감옥의 간수, 경찰이 나오는 험악하고 천박한 노래를 부르면서 말이야. 그리고 상인들을 골탕먹였던 얘기들도 자랑스럽게 늘어놓는대."

두꺼비는 벌떡 일어나 몽둥이를 움켜잡았다.

"그런 놈들을 내버려둘 수야 없지. 혼을 내주어야 해!"

물쥐가 두꺼비를 불렀다.

"쓸데없는 짓이야. 이리 와서 앉아. 때를 기다리는 것이 좋아. 혼자서는 어떻게 해볼 수 없을 테니까."

하지만 두꺼비는 밖으로 나갔다. 물쥐는 그의 행동을 제지할 수는 없었다. 두꺼비는 몽둥이를 어깨에 걸치고 분노를 참지 못해 씩씩거리며 빠른 속도로 자신의 집을 향해 걸어갔다. 마침내 그의 집 대문이 보였다. 갑자기 대문 기둥 뒤편에서 밤색 담비 한 마리가 나타났다.

"누구냐?"

담비가 사납게 물었다.

"이런 바보 같은 놈."

두꺼비가 화가 나서 소리쳤다.

"나한테 그따위로 말하는 네놈은 누구냐? 즉시 이리 나와라. 아니면 네놈을……."

담비는 더 이상은 아무 말도 하지 않고, 어깨에 메고 있던 총을 풀어 두꺼비를 겨누었다. 두꺼비는 필사적으로 납작하게 엎드렸고, 그 순간 요란한 총소리와 함께 '펑' 하며 총알이 머리 위를 스치는 소리가 들렸다.

기겁을 한 두꺼비는 몸을 일으키자마자 허둥지둥 오던 길을 뒤돌아 달렸다. 도망가는 두꺼비의 귀에 담비의 웃음소리가 들려왔다. 소름끼치게 하는 날카로운 웃음소리였다.

물쥐의 집으로 돌아온 두꺼비는 풀죽은 모습으로 상황을 얘기했다.

물쥐가 말했다.

"내가 뭐라고 했어? 쓸데없는 짓이라고 했잖아. 그들은 여기저기에 보초를 세웠고, 보초들은 모두 무기를 가지고 있어. 그러니 때를 기다려야 해."

두꺼비는 여전히 단념하지 않았다. 그래서 이번에는 보트를 타고 가기로 했다. 토드 홀의 앞마당과 강이 이어지는 곳을 향해 천천히 노를 저어 강을 거슬러 올라갔다.

자신의 집인 토드 홀이 보이기 시작하자 두꺼비는 노를 내려놓고 주의 깊게 주위를 살폈다. 어떤 동물의 모습도 보이지 않는 평화롭고 고요한 풍경이었다. 저녁 햇살을 받아 눈부시게 빛나는 토드 홀의 전면이 시야에 들어왔다. 지붕에 둘씩 혹은 셋씩 짝을 지어 나란히 앉아 있는 비둘기들도 보였고, 꽃들이 활짝 피어 있는 정원도 보였다. 보트 창고로 통하는 샛강과 그 강 위에 설치된 다리도 보였다. 고요한 가운데 두꺼비가 돌아오기만을 기다리는 것 같은 풍경이었다.

먼저 보트 창고로 가 보는 것이 좋겠다고 생각한 두꺼비는 자신감에 넘쳐 샛강의 입구를 향해 노를 저었다. 그리고 막 다리 밑을 통과하려 할 때…….

쿵!

위편에서 떨어진 큰 바위가 보트 밑부분을 강타하며 물 속으로 가라앉았다. 순간 물이 들어오기 시작하며 보트는 물 속으로 가라앉기 시작했다. 위를 올려다보니 담비 두 마리가 다리 난간에 기대어 서서 씩 웃으며 그를 내려다보고 있었다.

"다음에는 네 머리야, 두꺼비!"

그들이 소리를 질렀다.

분노에 들끓는 두꺼비는 헤엄쳐서 강기슭으로 올라왔다. 담비 두 마리는 그의 모습을 보며 배를 움켜잡고 웃었다.

두꺼비는 힘없이 걸어 물쥐의 집으로 돌아와 물쥐에게 이번에 겪었던 일을 사실대로 전해 주었다.

"도대체 내가 뭐라고 했어?"

물쥐가 짜증을 내며 말했다.

"그리고 네가 어떻게 하고 돌아왔는지 똑똑히 봐. 내가 그토록 좋아했던 보트를 잃어버렸잖아. 거기다 내가 빌려주었던 옷을 완전히 망쳐 놓았어. 좋은 옷이었는데 말이야. 두꺼비야, 도대체 왜 이러니? 언제쯤 친구들을 편하게 해줄래?"

두꺼비는 곧 자신이 얼마나 잘못된 행동을 했는지 깨달았다. 너무도 어리석은 짓이었다. 즉시 보트를 잃어버리고, 옷을 망쳐 미안하다고 물쥐에게 사과했다. 그러면서 그는 자신이 솔직히 잘못을 인정하고 사과하면, 친구의 차가운 마음을 녹여서 다시 자기의 편으로 끌어들일 수 있으리라고 기대했다.

"물쥐야, 나는 정말 머리가 텅 빈 어리석은 두꺼비였어. 그렇지만 앞으로는 겸손하고 순종할 줄 아는 동물이 되겠어. 그리고 너의 자상한 조언을 듣고, 또 전폭적인 지지를 받기 전에는 아무런 행동도 취하지 않겠어."

천성이 고운 물쥐가 말했다.

"네가 정말 그렇게만 해주겠다면, 우선 지금은 시간이 늦었으니까 앉아서 저녁이나 먹도록 해. 곧 차릴 테니까. 그리고 인내심을 가져야 해. 두더지와 오소리를 만나 그들로부터 최근 소식을 듣기 전에는 어떻게 해볼 수가 없어. 그들을 만나서 회의를 하고, 이 어려운 문제를 해결하는 방법을 찾아봐야 해."

"오, 그렇지, 두더지와 오소리."

두꺼비가 가벼워진 마음으로 말했다.

"그 친구들은 어떻게 되었지? 까맣게 잊고 있었어."

"이제야 묻는구나. 네가 그 비싼 자동차로 들판을 누비는 동안, 배 끄는 말을 타고 신나게 달리는 동안, 집시하고 맛있는 아침식사를 하는 동안, 우리의 헌신적인 두 친구는 들판에서 야영을 하며 지냈어. 날씨가 아무리 험악해도 그곳을 떠나지 않았어. 그러면서 낮에는 네 집 주위를 돌아보면서, 밤이면 차가운 바닥에서 자면서 네 집을 감시했지. 네 집을 차지한 담비와 족제비들을 계속 지켜보며 네 집을 되찾을 방법을 생각해 보고 계획을 세우기도 했어. 네가 돌아오면 돌려주려고 말이야. 너는 그런 친구들을 가질 자격이 없어. 언젠가는 너도 그런 친구들을 소홀히 대했다는 것을 후회할 날이 오겠지만 이미 늦었을걸."

물쥐가 꾸짖듯이 말했다.

"그래, 나는 고마움을 모르는 동물이야. 나가서 찾아봐야겠어. 그들과 어려움을 함께 나누어야지. 그리고 그들과 함께, 잠깐만, 접시 소리가 들리는데. 마침내 저녁식사가 준비되었단 말이지! 물쥐야, 먹자!"

두꺼비가 흐느끼며 말했다.

물쥐는 두꺼비가 한동안 감방에서 굶주리며 지내왔다는 사실을 생각했다. 두꺼비와 함께 식탁에 앉은 물쥐는 오히려 그동안의 굶주림에 대한 보상이라도 받으려는 듯이 마구 먹어대는 두꺼비를 격려해 주었다.

그들이 막 식사를 마치고 안락 의자에 앉아 얘기를 계속하려고 할 때 묵직하게 문을 노크하는 소리가 들려왔다.

두꺼비는 긴장했다. 그러나 물쥐는 의미 심장하게 두꺼비에게 고개를 끄덕여 보이고 문을 열어 주었다. 그러자 오소리가 안으로 들어왔다.

오소리는 며칠을 아무런 편의시설도 없는 집 밖에서 지낸 모습이 역력했다. 평소에도 깔끔한 편은 아니었지만 구두가 진흙으로 덮혀 있는 등 지저분하고 헝클어진 형편없는 모습이었던 것이다. 오소리는 엄숙하게 두꺼비에게 다가와 그의 앞발을 잡고 흔들었다.

"집으로 돌아온 걸 환영한다, 두꺼비야. 내가 지금 뭐라고 했지? 집이라니! 참 초라한 귀향이구나. 불쌍한 두꺼비!"

오소리는 두꺼비에게 말한 다음 등을 돌리고 식탁에 앉아 파이를 먹었다.

두꺼비는 심각하고 불길한 오소리의 태도에 긴장했다. 그러나 물쥐는 두꺼비에게 속삭였다.

"걱정할 것 없어. 신경 쓰지 말라구. 지금은 아무 말도 하지 말고 내버려둬. 저 친구는 음식이 필요할 때면 언제나 저렇게 침울한 모습이거든. 하지만 30분 후에는 완전히 달라진 모습을 볼 수 있을 거야."

그들이 침묵을 지키며 기다리고 있는 동안 또다시 문에서 가벼운 노크소리가 들려왔다. 이번에도 물쥐는 머리를 끄덕여 보이고 문으로 갔고, 곧 두더지와 함께 돌아왔다. 씻지 못해 더럽고, 여기저기 풀이 묻어 더욱 지저분해 보이는 모습이었다.

"와! 두꺼비가 돌아왔구나! 네가 돌아오다니 꿈만 같다!"

갑자기 얼굴이 밝아진 두더지가 소리쳤다.

"우리는 네가 이렇게 빨리 돌아오리라고는 생각 못 했어. 어떻게 탈출했는지 모르겠지만, 너는 영리하고 독창적인 데다 지성을 갖춘 두꺼비야!"

두더지는 두꺼비의 주위를 돌며 소리쳤다.

물쥐는 놀라며 두더지의 팔을 잡아끌었다. 그러나 이미 늦었다. 이미 두꺼비는 잘난 체하기 시작했다.

"영리하다고? 아냐. 내 친구들에 비교하면 나는 영리한 것도 아니야. 단지 영국에서 가장 철통 같다는 감옥을 탈출해 나왔을 뿐인데, 뭘. 별것도 아니잖아. 그리고 기차를 타고 멀리 도망왔지. 그게 뭐 별건가? 변장하고 다니면서 많은 사람들을 속였지. 그것도 별일이 아니잖아. 그래, 나는 어리석은 바보야. 내 모험담을 들려줄 테니까 네가 직접 판단해 봐, 두더지야."

두꺼비가 말했다.

"그래, 그래."

두더지가 식탁으로 가며 말했다.

"내가 식사하는 동안에 얘기를 들려줘. 아침식사를 한 이후 지금까지 아무것도 먹지 못했거든. 우와, 세상에."

두더지는 의자에 앉자마자 허겁지겁 쇠고기와 오이 피클을 먹기 시작했다.

두꺼비는 벽난로 앞의 카펫 위에 서서 앞발을 주머니에 찔러 넣고 은화 한 웅큼을 꺼냈다.

"이걸 봐!"

두꺼비가 자랑스럽게 말했다.

"단 몇 분 동안 수고한 대가로 이만큼이라면 나쁜 건 아니지? 내가 그런 일까지 해냈다는 것에 대해서는 어떻게 생각하니, 두더지야? 말장사를 했거든. 내가 그런 일까지 할 수 있으리라고 누가 생각이나 했겠어?"

"계속 얘기해 봐."

두더지는 대단한 흥미를 느꼈다.

"두꺼비야, 제발 조용히 좀 해라! 너도 흥분하지 마, 두더지야. 너도 두꺼비가 어떤 동물인지 잘 알잖아. 식사를 빨리 하고 상황이 어떤지 얘기해 줘. 그리고 두꺼비가 돌아왔으니 좋은 방법이 있는지 생각해 보자고."

물쥐가 끼여들어 말했다.

"상황은 지극히 안 좋아."

두더지가 힘없이 대답했다.
"그리고 그놈들을 내쫓을 방법은……. 나도 그럴 수 있는 방법이 과연 있기나 한지 궁금해. 오소리와 나는 밤이건 낮이건 그 집 주위를 돌아보았어. 하지만 언제나 마찬가지야. 여기저기 보초가 지키고 있고, 그놈들은 우리를 향해 총을 겨누기도 하고 돌을 던지기도 하면서 놀려대는 거야. 항상 감시를 하는 놈이 있거든. 그리고 우리를 발견하면 동료들을 불러서 우리를 놀리며 웃어대는 거야. 정말 견딜 수가 없다니까."
"아주 어려운 상황이구나. 하지만 지금은 어떻게 해야 할지 분명히 알겠는데, 두꺼비 네가……."
물쥐가 깊이 생각하다가 얘기했다.
"안 돼! 지금 두꺼비에게 그런 일을 시킬 수는 없어! 그런 식으로는 안 돼! 너는 이해하지 못하는 것 같은데……."
두더지가 입안 가득 음식을 넣은 채로 소리쳤다.
"아냐, 너희들이 시키는 일은 안 하겠어!"
두꺼비가 흥분하여 소리쳤다.
"너희들의 명령은 받지 않겠다고! 지금 우리가 얘기하는 것은 내 집에 대한 문제잖아. 내 집에 대해서 어떻게 해야 하는지는 내가 정확히 알고 있어. 내가 너희들에게 도움을 청하는 것이 당연하잖아!"
셋은 동시에 입을 열어 목청껏 소리치며 얘기했다. 그 덕분에 실내는 귀청이 떨어질 것처럼 시끄러웠다. 그때 메마르고 날카로운 목소리가 그 소음을 잠재우며 들려왔다.
"모두들 입을 다물어라!"
듣는 순간 모두는 일제히 입을 다물었다.
그 목소리의 주인공은 오소리였다. 파이를 다 먹은 오소리는 의자를 돌리고 그들을 바라보았다. 오소리는 그들의 시선이 자신에게 집중되고, 자신이 얘기하기를 기다린다는 사실을 확인한 다음, 다시 의자를 돌리고 식탁 위에 놓인 치즈를 집어들었다. 모든 동물의 존경을 받는 오소리는 치즈를 다 먹고, 무릎에 떨어진 부스러기를 털어버릴 때까지 아무 말도 하지 않았다. 두꺼비는 조바심이 났으나 물쥐가 경거망동하지 못하도록 그를 꼭 잡고 있었다.
오소리는 식사를 완전히 마친 다음 자리에서 일어나 벽난로 앞에 섰다. 그리고 잠시 무엇인가를 생각해 본 다음에 입을 열었다. 근엄한 목소리였다.
"두꺼비야, 이 사고뭉치야, 너는 자신이 부끄럽지도 않니? 네 아버지께서 지금의 네 꼴을 보신다면 어떻게 생각하시겠니? 네가 무슨 짓을 하며 돌아다니는지를 아신다면 말이다!"
소파에 앉아 있던 두꺼비는 갑자기 몸을 돌려 엎드려서 회한의 울음을 터뜨렸다.
"자, 자, 걱정 마라. 그만 울어. 하나하나 처리하고 새롭게 시작하는 거야. 그렇지만 두더지가 한 얘기는 사실이야. 담비들이 보초를 서고 있어. 이 세상에서 제일가는 보초들이지. 그 집을 정면 공격한다는 건 말도 안 되는 얘기야. 그 놈들은 우리보다 훨씬 강하거든."

오소리가 이번에는 자상한 목소리로 말했다.

"그럼 모든 게 끝났잖아. 나는 군대에나 가야 할까 봐. 그러면 토드 홀을 두 번 다시 안 봐도 되잖아."

두꺼비는 부드러운 쿠션에 얼굴을 묻고 흐느끼기 시작했다.

"기운 내, 두꺼비야. 그 집을 정면에서 공격하는 것 말고도 뚫고 들어갈 수 있는 방법은 있어. 아직 내 얘기는 끝나지 않았어. 그럼 지금부터 비밀을 얘기해 줄게."

오소리가 말했다.

두꺼비는 천천히 일어나 앉아 눈물을 닦았다. 비밀이라는 말이 그의 관심을 끌었던 것이다. 두꺼비는 이제까지 단 한 가지의 비밀도 지키지 못했다. 절대로 다른 누구에게도 얘기하지 않겠다고 맹세하고서 밖으로 나가 다른 동물들에게 비밀을 털어놓을 때의 짜릿함을 매우 즐겼기 때문이었다.

"거기에는…… 에……, 지하에…… 통로가 있다. 토드 홀 가운데의 밑부분에는 강으로 통하는 비밀 통로가 있어."

오소리는 천천히 힘주어 말했다.

"무슨 엉터리 같은 소리야. 술집에서 떠도는 얘기를 들은 것 같은데, 나는 우리 집을 속속들이 알고 있지만, 그런 비밀 통로는 없어. 절대로 없다고!"

두꺼비가 어이없어 하며 말했다.

"이봐. 너희 아버지께서는 진정으로 현명한 분이셨어. 그리고 특히 나를 믿음직스러워하셨기에 너한테는 비밀인 일도 내게는 얘기해 주셨어. 그 분은 그 통로를 우연히 발견하셨다더구나. 그러니까 그 분이 만드신 통로가 아니라 그 분이 그 집에 자리잡기 훨씬 이전에, 백여 년 전에 만들어진 통로였어.

어쨌든 그 분은 그 통로를 수리하고 청소하셨어. 언젠가 위험한 경우가 닥칠 때에는 매우 유용하리라 생각하셨던 거지. 그리고 내게도 보여주셨어. 그러면서 이런 말씀을 하시더구나. '내 아들에게는 얘기하지 말거라. 좋은 녀석이긴 하지만 입이 가볍고 변덕이 심해서 믿을 수가 없어. 그렇지만 그 아이가 진정 위험에 부딪치면 이 통로는 매우 유용할 거야. 그러니 그런 때에는 네가 얘기해 줘. 그 전에는 비밀로 하고.'"

오소리가 매우 진지한 표정으로 말했다.

두더지와 물쥐는 두꺼비를 바라보았다. 두꺼비가 어떻게 받아들일지 궁금해서였다. 두꺼비는 처음에는 시무룩한 기색을 보였지만 곧 그의 천성대로 밝게 웃었다.

"그건 그래. 나는 말이 너무 많은지도 몰라. 나는 인기 있는 동물이잖아. 항상 나에게서 재미있는 얘기를 듣고 싶어하는 친구들에 둘러싸여 살잖아. 그러니 내가 별의별 얘기를 다 하지. 나를 찾아오면 재미있는 얘기를 들을 수 있다는 기대를 가진 친구들을 실망시킬 수는 없잖아. 그러다 보면 실수로 비밀로 해야 하는 얘기가 튀어나오는 경우도 있지. 이런 내 자신의 약

점을 잘 알고 있으니까 신경 쓰지 말고 계속 얘기해, 오소리야. 네가 알고 있는 그 비밀 통로를 우리가 어떻게 이용할 수 있을지 말이야."

오소리가 계속 말했다.

"최근에 나는 두어 가지를 알아냈어. 수달을 청소부로 변장시켜서 어깨에 빗자루를 메고 뒷문으로 가서 청소할 일이 없느냐고 묻게 했지. 내일 저녁에 큰 잔치가 벌어지거든. 내 생각일 뿐이지만 대장 족제비의 생일인가 봐. 족제비들은 모두 연회장에 모여 먹고 마시며 한바탕 놀 거야. 위험한 일이 벌어지리라는 생각은 전혀 못하고 말이야. 총, 칼, 막대기, 그 어떤 무기도 들고 있지 않겠지."

"그렇지만 보초들은 자리를 지키고 있을 텐데."

물쥐가 물었다.

"맞아. 그것이 바로 중요한 점이야. 족제비들은 담비 보초들을 철저히 믿고 있어. 그들은 모든 통로를 철통같이 지키고 있지. 하지만 우리는 그 유용한 비밀 통로를 이용하는 거야. 입구는 연회장 바로 옆의 식기실 밑이거든."

"아, 그 삐걱거리는 식기실의 판자 말이지!"

두꺼비가 말했다.

"이제야 알겠다!"

"우리는 조용히 식기실로 나와야겠구나."

두더지가 말했다.

"권총, 칼, 몽둥이로 무장하고서!"

물쥐가 소리쳤다.

"그리고 그들을 덮치는 거야."

오소리가 말했다.

"그리고 그놈들을 사정없이 후려치는 거지. 사정없이 후려치는 거야!"

흥분한 두꺼비가 소리치며 실내를 빙빙 돌다가 의자를 뛰어넘기도 했다.

"좋아, 좋아."

오소리는 평소의 감정을 배제한 태도로 돌아와 말했다.

"우리의 계획은 결정되었어. 그러니 너희들이 더 이상 소리지르며 싸울 듯이 격론을 벌일 필요는 없어. 지금은 너무 늦었으니 모두들 침실로 가서 눕자. 필요한 준비는 내일 아침에 하는 거야."

두꺼비는 다른 친구들과 마찬가지로 침실로 가긴 했지만 ― 그들의 지시에 따르는 것이 좋다는 것을 알기 때문이었다 ― 너무 흥분해서 잠들 수 없을 것 같은 기분이었다. 그렇지만 수많은 사건을 한꺼번에 경험한 힘든 하루를 보냈고, 또 한동안 냄새나는 감방에서 차가운 돌바닥에 많지도 않은 밀짚을 깔고 자다가, 오랜만에 시트를 깔고 담요를 덮으니 몹시 편안하고 친근한 느낌이어서 베개를 베고 눕자마자 행복에 젖어 코를 골았다.

당연히 많은 꿈을 꾸기도 했다. 도망가는 꿈도 꾸었고, 운하가 그를 쫓아오는 꿈도 꾸었고, 그가 연회장에서 디너파티를 베풀고 있을 때 세탁물을 가득 실은 거룻배가 들어오는 꿈도 꾸었고, 그가 혼자서 비밀 통로를 통해 집안으로 들어가려고 했으나, 갑자기 통로가 복잡해져서 헤매다가 마침내 토드 홀로 안전하게 돌아오고, 친구들이 찾아와 기쁨에 젖어 있는 그를 둘러싸고 그를 진정으로 영리한 두꺼비라고 칭찬해 주는 꿈을 꾸기도 했다.

두꺼비는 다음날 아침까지 늦잠을 잤다. 두꺼비가 주방으로 내려왔을 때 이미 다른 친구들은 식사를 마친 다음이었다. 두더지는 아무 말도 하지 않고 혼자서 어디론가 나갔고, 오소리는 그날 저녁에 어떻게 할 것인가를 전혀 생각하지 않는 듯 안락 의자에 앉아 신문을 보고 있었다. 반대로 물쥐는 한아름 가득 무기를 안고서 이리저리 바쁘게 돌아다니며 각자가 사용할 무기를 네 곳에 나누어 쌓아 놓았다.

"이건 물쥐가 사용할 칼, 두더지가 사용할 칼, 두꺼비가 사용할 칼, 오소리가 사용할 칼. 이번에는 물쥐가 사용할 권총, 두더지가 사용할 권총, 두꺼비가 사용할 권총, 오소리가 사용할 권총."

물쥐는 이런 식으로 노래하듯 계속 중얼거리며 움직였고, 네 개의 무기더미는 점점 커졌다.

"그건 필요 없어, 물쥐야. 쓸데없는 짓을 한다는 얘기는 아

니야. 하지만 그런 혐오스러운 총을 가진 보초들을 통과하면, 우리에게 권총이나 칼은 필요가 없을 거야. 우리 넷은 몽둥이를 들고 연회장으로 들어가겠지만, 나 혼자서 5분 이내에 그놈들을 깨끗이 몰아낼 수 있을 거야. 너희들의 즐거움을 뺏는 것은 미안하지만 말이야."

오소리가 신문 너머로 분주하게 움직이는 물쥐를 보며 얘기했다.

"안전한 것이 좋지."

물쥐는 이렇게 말하면서도 무슨 생각을 하는지 소매로 권총의 총구를 깨끗이 닦았다.

아침식사를 마친 두꺼비는 굵은 몽둥이를 집어들고 격렬하게 가상의 적을 내리치는 시늉을 해보였다.

"그놈들에게 내 집을 훔친 데 대한 교훈을 배워 주겠어."

두꺼비가 소리 질렀다.

"배워 주겠다고! 뼈저리게 깨닫도록 배워 주겠다고!"

"배워 주겠다니, 무슨 말이야. 두꺼비야?"

물쥐가 몹시 놀라서 말했다.

"그건 제대로 된 말이 아니야."

"왜 또 두꺼비에게 시비를 거는 거야? 두꺼비의 말이 어디가 어떻다는 거야? 나도 그렇게 말하는데. 누구든 무슨 의미인지 알아들었다면, 그걸로 족한 거 아냐?"

오소리가 다소 언짢아하며 물었다.

"미안하다, 미안해. 단지 '가르쳐 주겠다'고 하는 것이 올바른 표현이라고 생각해서 그랬던 것뿐이야."

물쥐가 겸손하게 말했다.

"그렇지만 우리는 그놈들에게 뭘 가르쳐 줄 생각은 없잖아. 우리는 그놈들에게 배워 주려는 거야. 그리고 더 중요한 문제는 우리가 직접 그렇게 하겠다는 거지."

오소리가 말했다.

"그래 알았어, 좋을 대로 얘기해."

물쥐는 헷갈려서 한쪽 구석으로 가 계속 중얼거렸다.

"배워 주겠다, 가르쳐 주겠다, 가르쳐 주겠다, 배워 주겠다!"

물쥐의 중얼거림이 다 들릴 만한 거리였기에 오소리는 결국 나가서 니 일이나 하라고 쏘아붙였다.

이때 두더지가 뛰어 들어왔다. 몹시 기뻐하는 표정이었다.

"담비들을 뒤집어놓고 왔어!"

두더지가 소리쳤다.

"무슨 말이야?"

물쥐가 걱정스러워하며 물었다.

"주방으로 들어가서 두꺼비의 아침식사를 보는 순간 번쩍하며 한 가지 생각이 떠올랐어. 세탁부 옷도 보이더구나. 어제 두꺼비가 입고 왔던 옷 말이야. 나는 그 옷을 입고 검은색 모자도 썼지. 숄도 둘렀고. 그런 다음에 당당하게 토드 홀로 갔어. 물론 보초가 튀어나와서 '누구냐!'고 소리치길래 내가 공손히 말했지. '오늘 맡길 세탁물이 있나요?' 라고 말이야."

두더지는 계속 얘기했다.

"그러니까 그놈들은 갑자기 거만해져서 말하더라구. '썩 꺼져, 세탁부야. 우리는 세탁물 안 맡겨.' 그렇다고 내가 그냥 물러나지는 않았어. '다음부터는 맡겨 보세요.' 라고 말한 거지. 하! 하! 하! 재미있지 않니, 두꺼비야?"

"너 참 경박하구나."

두꺼비가 거만하게 말했다. 그러나 두꺼비는 질투하고 있었다. 만약 그의 머릿속에 그런 생각이 먼저 떠올랐다면, 늦잠을 자지 않았더라면, 그 자신이 그런 일을 했더라면 얼마나 좋았을까 하는 생각이 떠올랐던 것이다.

두더지가 계속 말했다.

"어떤 담비들은 나하고 얘기를 더 하고 싶어하는 표정이었어. 그때 그들의 책임자가 나타났어. 그는 나에게 '썩 꺼져, 세탁부야. 우리 부하들에게 근무중에 쓸데없는 말 시키지 마!' 그래서 내가 대답했지. '꺼지라구요? 조금 있으면 진짜로 꺼져야 할 건 내기 아니라 당신들일 텐데' 라고 말이야."

"두더지야, 어쩌자고 그런 말을 한 거야?"

물쥐가 깜짝 놀라며 물었다.

오소리는 신문을 내려놓았다.

"그러자 그놈들 모두가 귀를 쫑긋 세우며 서로를 바라보더구나. 책임자는 그놈들에게 '이 여자 말에는 신경 쓰지 마. 무

슨 말인지도 모르면서 지껄이는 거니까.' 라고 하더군.

그래서 내가 말했지. '오, 무슨 말인지도 모르고 지껄인다고? 그럼 이렇게 얘기하면 어떨까? 내 딸은 미스터 오소리의 세탁부인데, 그 딸에게서 들은 얘기를 들려주면 내가 알고 하는 말인지, 모르면서 입에서 나오는 대로 지껄이는 건지, 너희들도 생각이 달라질걸.

잘 들어 봐. 오늘 밤에 피에 굶주린 오소리 백 마리가 총과 단검으로 무장하고 마구간부터 시작해서 토드 홀을 공격할 거야. 물쥐들도 보트 여섯 대에 나누어 타고 강으로 온대. 거기다 '결사대' 혹은 '불사신'이라고 알려진 두꺼비 특공대도 올 거야. 그 친구들은 복수심에 불타서 앞길을 가로막는 것만 보이면 무엇이든지 깨끗이 없애버리는 무서운 자들이라구. 그 친구들에게 공격을 당하면, 너희들에게 세탁물은커녕 목숨이나 붙어 있을지 모르겠구나. 그 전에 너희들이 멀리멀리 도망가지 않는다면 말이야.'

이렇게 얘기해 준 다음 거기서 도망쳤지. 그놈들의 시야를 벗어난 다음에는 울타리 나무 사이에 숨어서 그놈들의 꼴을 지켜보았지. 난리가 났더라구. 모두가 흥분해서 이리저리 뛰어다니고, 소리 지르고, 서로 부딪치고 엉망진창이더라니까. 누구도 상대의 말은 들으려 하지 않고 명령만 하는 거야. 책임자는 일단의 담비를 먼 초소로 내보냈다가도, 그 다음에는 다른 담비를 보내 그들을 다시 불러오기도 하고, 제정신이 아니었어.

그리고 이렇게 얘기하는 소리도 들렸어. '족제비들 때문이야. 그들은 연회장에 모여서 축배도 들고 노래도 부르며 재미있게 놀 텐데, 그동안 우리는 춥고 어두운 여기에서 보초를 서다가 결국 피에 굶주린 오소리들에게 맞아 죽을 거야.'라고 말이야."

"이런 바보 같으니! 니가 다 망쳤잖아!"

두꺼비가 소리 질렀다.

"두더지야."

오소리가 아무런 감정도 없이 조용히 말했다.

"너는 대단히 뛰어난 머리를 가졌구나. 아주 잘했어. 앞으로는 너에게 큰일을 많이 맡겨야겠구나. 정말 잘했어. 너는 진정으로 현명한 두더지야."

두꺼비는 질투심가 나서 어쩔 줄 몰라했다. 그로서는 아무리 생각해 보아도 두더지의 행동이 왜 현명하다는 칭찬을 듣는지 이해할 수 없어 더욱 샘이 났다. 그렇지만 다행스럽게도 두꺼비가 화를 내거나 오소리의 말에 대들기 직전에 점심식사를 알리는 종소리가 들렸다.

베이컨, 콩, 마카로니, 푸딩으로 이루어진 시장기만 면하게 해주는 간단한 식사였다. 식사를 마쳤을 때 오소리는 안락 의자에 앉아 말했다.

"우리는 밤이 늦어서야 오늘 밤의 공격을 끝낼 수 있을 거야. 그러니 나는 잠깐이라도 잠을 자두어야겠어."

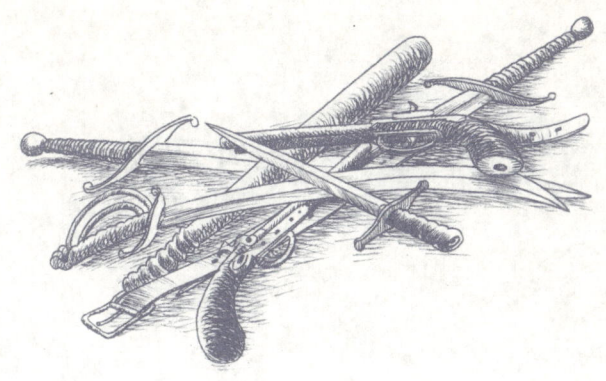

　그런 다음 오소리는 손수건으로 얼굴을 덮고 코를 골기 시작했다.
　걱정이 많고 부지런한 물쥐는 준비를 계속했다.
　"이건 물쥐의 벨트, 두더지의 벨트, 두꺼비의 벨트, 오소리의 벨트!"
　끝도 없이 새로운 장비를 네 개씩 꺼내왔다. 그 광경을 지켜보다가 지겨워진 두더지는 두꺼비를 데리고 밖으로 나와 흔들의자에 앉았다. 그리고 두꺼비에게 그의 모험에 대해 처음부터 끝까지 자세히 얘기를 들려달라고 부탁했다. 두꺼비로서는 더 없이 반가운 일이었다. 특히 그의 얘기를 중단시키거나, 흠을 찾아내는 동물이 없었기에 두꺼비는 마음껏 얘기를 늘어놓으며 자신의 현명함을 자랑할 수 있었다.

12. 율리시즈의 귀향

어두워지자 이상할 정도로 흥분한 물쥐는 그들 모두를 응접실로 불러내 세워 놓고, 코 앞에 닥친 모험에 대비해 그들을 무장시켰다. 물쥐는 그 일을 하는 데 철저했기 때문에 상당한 시간이 소요되었다. 먼저 동물마다 벨트를 둘러 맨 다음 벨트에 칼을 꽂고, 그 반대쪽에는 균형을 맞추기 위해 단도를 꽂았다. 한 쌍의 권총과 경찰봉에 수갑도 몇 개씩이나 되고 물병과 샌드위치통도 있었다. 오소리가 기분 좋게 웃으며 말했다.

"됐어, 물쥐야. 나는 여기 이 몽둥이 하나만으로도 해낼 수 있어."

그러나 물쥐는 쉽게 물러나지 않았다.

"오소리야, 제발 그러지 마. 나중에 날 보고 빠뜨린 것이 있

다고 원망이나 하지 말고."

어지간히 준비가 되자 오소리는 한 손에는 랜턴을 들고, 다른 한 손에는 커다란 몽둥이를 든 채로 소리쳤다.

"자, 나를 따르라! 두더지가 앞장 선다. 그 다음은 물쥐, 마지막은 두꺼비다. 두꺼비, 넌 평상시처럼 계속 입을 나불거리면 돌려보내 집이나 보라고 할 테니까, 알았지?"

두꺼비는 혼자 빠지게 될까 봐 군말 없이 맨 뒷자리에 섰다. 이렇게 모두들 출발했다. 오소리는 강을 따라 그들을 인도하다가 갑자기 몸을 돌려 강둑의 수면 바로 위에 있는 구멍으로 들어갔다. 물쥐와 두더지도 조용히 그 뒤를 따랐다. 하지만 두꺼비는 멈칫거리다가 요란한 소리를 내며 물에 빠져 비명을 질렀다. 친구들이 순식간에 두꺼비를 꺼내어서 그의 모습을 바로잡아 주었다. 그러나 오소리는 몹시 화가 나서 한 번만 더 바보 같은 실수를 하면 집으로 돌려보내겠다고 협박했다.

마침내 그들은 비밀 통로에 들어섰다. 이제부터 진정한 모험이 시작되는 것이다!

비밀 통로 속은 춥고 어둡고 낮고 또 좁았다. 그리고 불쌍한 두꺼비는 앞으로 닥칠 끔찍한 상황이 겁나기도 했고, 물에 빠져 몸이 젖어서 떨기 시작했다. 등불이 훨씬 앞에 있어서 두꺼비는 점점 뒤처지지 않을 수 없었다. 그러자 물쥐가 날카롭게 경고하는 소리가 들려왔다.

"빨리 와, 두꺼비야!"

두꺼비는 집이나 지켜야 할지 모른다는 두려움에 사로잡혀 빠른 속도로 전진했다. 물쥐와 두더지를 추월하는 빠른 속도였다. 그 덕분에 비밀 통로 내부가 갑자기 소란스러워졌다. 오소리는 그들이 뒤로부터 공격을 당했다고 생각했다. 그렇지만 비밀 통로 내부는 너무 좁아 몽둥이나 칼을 사용할 수가 없었다. 오소리는 권총을 빼들고 빠른 속도로 다가오는 동물에게 한방 먹이려 한 순간 두꺼비임을 알았다. 오소리는 상황의 전말을 정확히 알게 된 순간 너무도 화가 나 부르르 떨며 소리쳤다.

"이번에는 용서할 수 없어. 두꺼비야, 넌 여기 남아 있어!"

두꺼비는 애처롭게 울었다. 다른 두 동물이 두꺼비가 더 이상 말썽을 피우지 않도록 책임지겠다고 사정하자 오소리의 분노도 진정되었고, 행진도 계속할 수 있었다. 이번에는 물쥐가 두꺼비를 감시하기 위해 맨 뒤에 서는 것으로 순서가 바뀌었을 뿐이었다.

그들은 계속 몸을 굽히기도 하고, 엎드리기도 하면서 앞으로 나아갔다. 모두들 권총을 손에 들고 있었고, 귀를 바짝 세워 경계를 늦추지 않았다. 마침내 오소리가 말했다.

"토드 홀에 가까이 온 것이 분명하다."

갑자기 웅성대는 소리가 들려왔다. 아직 상당히 먼 거리였다. 동물들이 소리치고, 뛰어다니며 테이블을 주먹으로 내리치는 듯한 여러 가지 소리였다. 두꺼비는 다시 긴장되고 겁이 났다. 오소리는 침착하게 말했다.

"족제비들이 다들 모이셨구만."

그들은 이제 올라가는 통로에 도달했다. 그들이 조금 기어올라가자 다시 소란스러운 소리가 들려왔다. 이번에는 그들의 바로 위에서 들려오는 소리였다.

"우르르르르."

조그만 발로 바닥을 구르고, 잔이 부딪히며 깨지고, 주먹으로 식탁을 내리치는 등등의 소리가 모두 한꺼번에 들려왔다.

"신나게들 놀고 있구만."

오소리가 말했다.

"빨리 올라와!"

그들은 서둘러 통로로 올라갔다. 마침내 그들 앞에 식기실로 이어지는 문이 나타났다.

연회장은 너무도 시끄러웠기 때문에 그들이 움직이는 소리가 들릴 위험은 거의 없었다. 오소리가 말했다.

"자, 모두 함께 열자!"

네 마리의 동물은 모두 어깨를 문에 대고 힘껏 밀었다. 다음 순간 그들 모두는 식기실로 들어갔다. 아무것도 모르는 적들이 흥청거리고 있는 연회장과는 단지 문 하나를 사이에 두고 있을 뿐이었다.

그들이 통로에서 나올 때 들었던 귀청 떨어지게 하던 그 소음이 갑자기 조용해졌다. 누군가 연설을 막 시작했던 것이다.

"자, 여러분들을 더 이상 기다리게 하지는 않겠다." ― (박수 갈채) — "그렇지만 자리에 앉기 전에" — (새로운 환호성) — "우리의 자비로운 집주인, 미스터 두꺼비에 대해 한마디 하고 싶다." — (폭소) — "착한 두꺼비, 겸손한 두꺼비, 정직한 두꺼비." — (즐겁게 낄낄거리는 소리).

"저놈은 내게 맡겨 줘."

두꺼비가 이를 갈며 중얼거렸다.

"잠깐만 기다려."

오소리가 힘들게 두꺼비를 말리며 말했다.

"모두들 준비됐지?"

"……. 두꺼비를 위한 노래가 있다. 내가 작곡한 노래다. 그럼 불러 보겠다."

그 족제비의 목소리가 계속되었다.

이번에는 오랫동안 박수 갈채가 계속되었다.

대장 족제비는 — 그가 대장인 것이 분명했다 — 꽥꽥거리는 목소리로 노래를 시작했다.

두꺼비가 즐거움을 찾아
길을 떠나네, 활기차게 떠나네.

오소리는 양쪽 앞발로 몽둥이를 힘껏 움켜잡고, 친구들을 둘러본 다음 소리쳤다.

"때가 되었다. 나를 따르라!"

문이 활짝 열렸다.
세상에!
연회장은 온통 꽥꽥거리는 소리로 가득 차는 것 같았다.
겁에 질린 족제비들은 테이블 밑으로 기어들어가거나, 밖으로 튀어나가려고 창문 앞으로 달려들었다. 겁에 질린 담비들은 벽난로 앞으로 뛰어왔다가 굴뚝 옆에 모여 서서 어쩔 줄 몰라 하며 가련한 눈으로 그들을 바라보았다. 수많은 테이블과 의자가 뒤집히고, 유리잔과 도자기 접시 그리고 포크와 나이프가 요란하게 쏟아지고 깨졌다. 그 공포의 현장에 분노에 가득 찬 우리의 네 영웅은 당당히 들어섰다. 오소리의 육중한 몽둥이가 바람 소리를 내며 허공을 갈랐다. 두더지는 몽둥이를 휘두르며 소름끼치는 함성 소리를 질러댔다.
"두더지가 나가신다! 두더지가 나가신다!"
벨트에 갖가지 무기를 꽂은 물쥐는 필사적이고 단호했다. 두꺼비는 상처받은 자존심과 흥분으로 평소보다 두 배로 몸을 키우고 허공을 가르며 족제비들을 공포의 도가니로 몰아넣었다.
"자, 여기 두꺼비가 즐거움을 찾아 나섰다! 특히 네놈에게 맛을 보여주겠다!"
두꺼비가 소리쳤다.
두꺼비는 자신을 비웃었던 대장 족제비에게로 달려들었다. 그들은 전부 합해 보아야 넷에 불과했지만 공포에 질린 족제비들에게는 연회장을 가득 채운 회색, 검은색, 갈색, 그리고 노란

색 괴물들이 어마어마하게 큰 몽둥이를 휘두르며 마구 휘젓고 다니는 것으로 보였다. 그들은 공포에 휩싸여 비명을 질러대며 탈출구를 찾았다. 창문, 굴뚝, 뚫려 있는 구멍이라면 그 어느 것에나 머리를 들이밀고 빠져나가려 했다.

상황은 곧 끝났다. 연회장 전체가 발칵 뒤집혔다. 우리의 네 영웅은 아직도 남아 머리를 내미는 족제비만 보이면 사정없이 몽둥이를 휘두르며 엉망진창이 된 연회장을 누볐다. 단 5분만에 끝냈다. 깨진 유리창을 통해 정원으로 튀어나가려던 족제비들이 유리에 찔려 질러대는 비명소리가 끊임없이 들려왔다. 연회장 바닥에는 수많은 족제비들이 의식을 잃고 쓰러져 있었고, 두더지는 그들에게 수갑을 채웠다. 오소리는 몽둥이를 내려놓고 쉬면서 이마에 맺힌 땀을 닦으면서 말했다.

"두더지야. 네가 최고였어! 그럼 나가서 너 때문에 겁을 잔뜩 먹었던 담비 보초들이 어떻게 하고 있는지 보고 올래? 네 덕분에 오늘 밤은 이걸로 모두 끝났다는 생각이 들거든."

두더지는 재빨리 창문을 통해 밖으로 나갔다. 오소리는 다른 두 친구에게 테이블을 바로 세워 놓고, 바닥에 떨어진 포크, 나이프, 접시, 유리잔들 중에서 쓸 만한 것은 다 집어올리고, 그들이 먹을 저녁식사가 준비되는지 살펴보라고 시켰다.

"뭘 좀 먹어야겠어. 정말이야. 두꺼비야, 너도 서 있지만 말고 빨리빨리 움직여! 네 집을 도로 찾아 주었는데, 샌드위치도 안 내놓을 거야?"

오소리가 평소에 얘기하는 것과 같은 태도로 말했다.

두꺼비는 자존심에 상처를 입었다. 오소리가 두더지에게 해준 것처럼 친절한 말을 그에게는 해주지 않았기 때문이었다. 그 역시 대장 족제비를 쫓아가 단 한 방에 쓰러뜨리는 등 혁혁한 전과를 세웠었기에 두더지에게 했던 것과 마찬가지로 '네가 최고다' 혹은 '멋지게 싸웠다' 등등의 찬사를 듣기에 충분했던 것이다.

어쨌든 두꺼비는 주위를 어슬렁거리며 돌아다녔다. 물쥐도 마찬가지였다. 그 덕분에 유리 접시에 담긴 구아바 잼을 찾을 수 있었다. 거의 손도 대지 않았던 차가운 닭고기 요리와 혓바닥 요리, 새우 샐러드도 찾을 수 있었다. 그리고 식기실에서 프랑스 롤빵과 버터를 바구니 가득 가지고 나오기도 했다. 그들이 식탁 의자에 앉아 막 식사를 하려고 할 때 두더지가 총을 한 아름 가득 안고 창문에 모습을 나타냈다.

"모두 끝났어. 내가 알아본 바에 의하면, 이미 겁을 먹고 안절부절 못하던 담비들 중에서 몇 놈은 연회장에서 깨지는 소리, 비명소리가 들려오기 시작하자 총을 던져 버리고 도망가 버렸어. 나머지 놈들은 잠시 자리를 지키긴 했지만, 연회장에서 뛰쳐나온 족제비들의 공격을 받았어. 그들은 담비들이 배신했다고 생각했던 거지. 당연히 서로 치고 받고 붙들고 늘어지며 한바탕 소동을 피웠지. 그러다 모두가 하나가 되어 도망갔어. 지금은 한 놈도 안 남았어. 모두가 사라졌다니까. 나는 그놈들이 가지고 있던 총을 모아들고 왔어. 이제 그놈들을 걱정할 필요는 없어."

"너는 정말 뛰어난 동물이다!"

입 안에 음식을 가득 넣고서 오소리가 소리 질렀다.

"이제 네가 해주면 좋겠다고 생각하는 일이 딱 한 가지 남았다, 두더지야. 아직 저녁식사도 하지 않았지만, 오직 너만이 해줄 수 있다고 생각하기 때문이야. 저기 마룻바닥에 쓰러져 있는 놈들 중에서 쓸 만한 놈들을 끌고 위층으로 올라가서 침실 몇 곳을 청소하고 정리하라고 시켜. 편안하게 잘 수 있도록 말이야. 침대 밑까지 깨끗이 하도록 시키라구. 깨끗한 시트를 깔고, 베개도 깨끗한 것으로 바꾸어 놓고. 시트 한쪽은 살짝 걷어 놓도록 해. 또 방마다 뜨거운 물, 깨끗한 수건, 새 비누도 가져다 놓아 줘. 그리고 나서 원한다면 그놈들을 한 대씩 때리고 뒷문으로 내보내. 다시는 그놈들을 안 봤으면 좋겠는데. 그런 다음 이리 와서 저녁식사를 하도록 해. 혓바닥 고기 요리가 일품이야. 너도 마음에 들 거야."

마음씨 고운 두더지는 몽둥이를 집어들고 죄수들 중 쓸 만한 놈들만 골라 일렬로 세운 다음 명령을 내렸다.

"위층으로 올라간다!"

두더지는 그들을 이끌고 위층으로 올라갔다.

잠시 후 다시 연회장으로 들어온 두더지는 웃는 얼굴로 모든 방을 깨끗이 치우고, 편안히 잘 수 있도록 꾸며 놓았다고 보고

했다.
"어려울 것 하나도 없더라구."
두더지가 덧붙여 말했다.
"내가 이렇게 저렇게 하라고 시키려고 하니까, 족제비 한 마리가 앞으로 나오더니 아무 염려 말라고 하더군. 그런 다음 담비들과 함께 스스로 덤벼들어서 마음에 꼭 들도록 해놓더라구. 일을 모두 마친 다음에는 자기들이 한 짓에 대해 솔직히 사과하더라구. 모두가 그럴 생각은 아니었지만, 대장 족제비와 대장 담비가 나서서 설쳐댔기 때문에 어쩔 수 없었다는 거야. 앞으로 언제든지 우리에게 필요한 일이 있으면 시켜만 달라고 했

어. 이 일에 대해 사과하는 의미에서라도 열심히 하겠다고 하면서 말이야. 나는 그들 각자에게 롤빵을 나누어주고, 뒷문으로 내보냈지. 그랬더니 꽁지가 빠져라 하고 힘껏 달려서 사라지던데."

얘기를 마친 두더지는 의자를 끌어당겨 앉자마자 고기 요리에 덤벼들었고, 두꺼비는 신사답게 질투심을 억누르고 진심으로 말했다.

"고맙다, 두더지야. 오늘 밤 여러 가지로 힘들었지? 특히 너의 현명함은 커다란 힘이 되어 주었어."

오소리는 두꺼비의 말을 들으며 매우 기뻐했다.

"마침내 두꺼비가 예전의 그 용감하던 두꺼비로 돌아왔다!"

그래서 그들 모두는 즐겁고 만족스러운 분위기에서 식사를 마쳤다. 그리고 대대로 내려온 두꺼비의 집에서 편안히 자기 위해 침실로 갔다.

다음날 아침, 평소처럼 늦잠을 잔 두꺼비는 늦게서야 아침식사를 하려고 내려왔다. 식탁에는 달걀 껍질이 수북이 쌓여 있고, 커피 포트도 4분의 1만 남아 있는 상태였다. 두꺼비는 이러한 광경을 보며 몹시 기분이 상했다. 여기는 그의 집이 아닌가. 식당의 프랑스식 문을 통해서 잔디밭의 흔들의자에 앉아 있는 두더지와 물쥐가 보였다. 그들은 무슨 얘기인가를 하며 가끔은 몸을 뒤로 젖히고 허공을 발로 차며 웃어대기도 했다. 안락 의자에 앉아 신문을 보고 있던 오소리는 두꺼비에게 머리를 끄덕여 인사했다. 하지만 두꺼비는 처지를 자각하고 식탁에 앉아 곧 다른 동물들과 동등해질 거라고 스스로 다짐하면서 그럭저럭 아침식사를 마쳤다. 두꺼비가 아침을 거의 다 먹었을 때 오소리가 고개를 들고 짤막하게 말했다.

"미안하다, 두꺼비야. 오늘 아침 정도는 손님 접대라고 생각하고, 힘들겠지만 네가 모두 치워. 그리고 곧 연회를 베풀어야 해. 이번 사건을 잘 해결한 것을 축하해야지. 피할 수 없는 일이야. 그것이 우리 동물 사회의 규칙이기도 하고."

"아, 좋아. 해야 할 일이라면 해야지. 그런데 너희들은 왜 아침부터 연회 타령이야. 나로서는 이해할 수 없는데. 어쨌든 너희들도 내가 스스로를 위해서만 사는 이기적인 동물이 아니라 친구들이 무얼 원하는지를 알아보고, 또 그것을 해결하기 위해 애쓴다는 것은 잘 알잖아."

두꺼비가 시원하게 대답했다.

"어리석게 굴 필요는 없어. 그리고 커피를 마시면서 낄낄거리며 얘기하지 마. 그건 예의에 어긋나는 행동이니까. 물론 연회는 밤에 베푸는 거야. 그렇지만 초대장은 지금 즉시 보내야 하고, 네가 자필로 써야지. 그럼 거기 앉아. 윗부분에 금박으로 토드 홀의 문장이 새겨진 편지지가 높이 쌓여 있지? 거기다 우리 친구 모두에게 보내는 초대의 글을 쓰는 거야. 네가 다 쓰면 우리가 점심 시간 전에 배달할게. 이건 명령이야."

오소리가 꾸짖듯이 말했다.

"뭐라구!"

두꺼비가 낙담해서 소리를 질렀다.

"이렇게 상쾌한 아침에 집안에 틀어박혀서 지겨운 초대장이나 쓰라구? 나는 우리 집을 둘러보며 오랜만에 돌아온 집에서 한껏 즐거움을 누리고 싶은데도? 절대로 못해! 나는……, 나는……. 잠깐만! 그래, 나처럼 경우 바르고 예의 바른 동물이 조금 귀찮다고 해야 할 일을 미루어서는 안 되겠지. 오소리, 네가 원하는 대로 할게. 연회용 음식을 주문해. 그리고 우리 친구들도 모두 초대하고. 상쾌한 오늘 아침 정도는 우정을 위해 기꺼이 희생할 테니까."

오소리는 갑자기 태도가 변한 두꺼비를 의심스럽게 바라보았다. 하지만 두꺼비의 시원스러운 얘기를 들으면서 불순한 동기가 숨어 있으리라고는 생각할 수 없었다. 두꺼비는 자신의 말대로 주방으로 갔다. 그러나 주방 문은 그가 들어간 다음 바로 굳게 잠겼다. 오소리와 얘기하는 동안 두꺼비에게는 멋진 아이디어가 떠올랐던 것이다. 초대장을 쓴다. 그러나 그 내용은 두꺼비가 어떻게 전투를 주도하고, 족제비 대장을 때려눕혔는가에 대한 얘기를 주로 해서 쓴다. 또한 그의 모험에 대해서도 간략하게나마 기록할 것이다. 여백에는 그날 밤의 행사를 위한 순서를 적어 놓는다는 계획도 세웠다.

연설 ··· 두꺼비
  (연회 동안 두꺼비의 또다른 연설이 있을 것입니다.)
강연 ··· 두꺼비
개요 - 수감 제도 - 영국의 수로 - 말 거래와 거래 방법 -
  부동산, 그에 따른 권리와 의무 - 고향으로 돌아
  와서 - 전형적인 영국의 신사
노래 ··· 두꺼비
  (자작곡임)
다른 곡들 ·· 두꺼비
  그… 작곡자가 연회 중에 부를 것입니다.

두꺼비는 이 생각이 매우 마음에 들었다. 아주 열심히 일해서 정오가 될 때까지 모든 편지를 다 썼다. 바로 그때 몰골이 아주 형편없는 족제비 한 마리가 문 앞에 나타나 신사분들을 위해 해드릴 일이 없는지를 묻고 있다는 얘기가 들려왔다. 두꺼비는 거드름을 피우며 나가 보았다. 지난 밤에 혼이 났던 죄수들 중에서 매우 예의 바른 태도를 보이며 어떻게든 그들을 기쁘게 해주려고 애쓰던 바로 그놈이었다. 두꺼비는 족제비의 머리를 쓰다듬어 주며 초대장 뭉치를 건네주고, 가능한 한 빨리 친구들에게 배달해 달라고 지시했다. 저녁에 오면 1실링을 주겠다고도 얘기했다. 그러나 그 족제비는 그럴 필요는 없다며 매우 감사해 하며 자신의 임무를 수행하기 위해 나갔다.

다른 친구들이 점심식사를 위해 돌아왔다. 그들은 오전을 강에서 즐겁게 보냈기에 매우 활기찬 모습들이었다. 양심의 가책을 느낀 두더지는 두꺼비를 미안해 하며 바라보았다. 두꺼비가 심통이 났거나 침울해졌으리라고 예상했었다. 그런데 두꺼비는 생기되고 기고만장한 모습이었기에 두더지는 즉시 무슨 일인가 있다는 것을 느꼈다. 물쥐와 오소리도 이상하다고 생각하며 서로를 바라보았다.

식사가 끝나자 두꺼비는 앞발을 주머니에 깊숙이 찔러넣고 말했다.

"자, 궁금한 점이 있으면 뭐든지 물어봐, 친구들!"

그리고 거들먹거리며 정원으로 나갔다. 연설문을 생각해야

하기 때문이었다. 그때 물쥐가 두꺼비의 팔을 잡았다.

두꺼비는 물쥐가 무엇을 하려는지 눈치채고 힘껏 물쥐를 뿌리치려 했다. 그러나 오소리가 두꺼비의 팔을 단호하게 잡았을 때는 더 이상 발버둥쳐 보았자 아무 소용 없다는 사실을 깨달았다. 두 동물은 두꺼비를 가운데 세우고 양쪽에서 붙잡아 문이 열려 있는 흡연실로 그를 밀어넣었다. 두꺼비를 의자에 앉힌 다음 앞에 서서 그를 노려보았고, 두꺼비는 불쾌한 기분으로 그들을 마주 보았다.

물쥐가 말했다.

"자, 여기를 봐, 두꺼비야. 오늘 밤의 연회에 관한 얘기인데, 너에게 이런 말을 할 수밖에 없어 정말 미안하다. 그래도 이 점은 분명히 해두어야겠는데, 오늘 밤의 연회에서는 연설도 노래도 없어. 우리가 이런 문제에 대해 너와 논쟁을 벌일 생각은 없다는 사실을 확실히 이해해 줘. 우리는 그저 너에게 통고를 하고 있는 거야."

두꺼비는 자신이 덫에 걸렸음을 깨달았다. 그들은 두꺼비를 잘 알고 있었다. 또 두꺼비가 무엇을 하려는지 정확히 알고 있었다. 두꺼비보다 앞서 갔던 것이다. 두꺼비의 즐거운 꿈은 산산이 깨지고 말았다.

"노래 한 곡만 부르는 것도 안 될까?"

두꺼비가 간절히 말했다.

"안 돼, 절대로 안 돼."

물쥐가 단호히 대답했다. 그러나 그의 가슴 역시 애처롭게 간청하는 두꺼비의 태도를 보면서 이미 부드러워지고 있었다.

"그런다고 너에게 특별히 좋을 것도 없잖아, 두꺼비야. 너 자신도 네 노래는 모두 자만과 허풍에 가득 찬 것임을 잘 알잖아. 그리고 너의 연설은 다 자화자찬에, 그리고, 그리고 또 엄청난 과장투성이에……."

"허튼 소리지."

오소리가 평상시의 어투로 얘기했다.

"다 너를 위해서야, 두꺼비야."

물쥐가 그들의 말을 받아 얘기했다.

"너는 조만간에 새로운 모습으로 태어났다는 것을 보여줘야 한다는 걸 잘 알잖아. 그러기에는 지금이 더없이 좋은 시기야. 네 인생의 전환점이라고. 네 마음도 아프겠지만 이렇게 말하는 우리가 훨씬 더 힘들다는 것을 알아줘."

두꺼비는 한동안 아무런 말도 못하고 깊은 생각에 빠졌다. 그러는 두꺼비의 모습 속에서 깊은 감동이 스치고 지나감을 볼 수 있었다.

두꺼비는 더듬거리며 말했다.

"너희들이 이겼다, 너희들은 진정한 내 친구야. 너희들 말을 따르겠어. 분명히 따르겠어. 그렇지만 한 가지만 부탁하겠어. 단지 오늘 밤의 즐거움을 위해서야. 내가 짧막한 노래라도 하고서 귀청이 찢어질 듯한 환호성을 들어볼 수 있도록 해줘. 어떻든 너희들 말이 맞아. 내가 잘못했다는 것은 나도 알아. 앞으로는 달라지겠어. 친구들, 너희들이 앞으로 나 때문에 얼굴을 붉히는 경우는 없을 거야. 그렇지만, 그렇지만, 오, 이 세상은 너무도 각박해."

두꺼비는 손수건을 꺼내 얼굴을 닦고 방을 나갔다.

"오소리야. 내가 너무 잔인했던 것 같은데, 너는 어떻게 생각하는지 얘기해 줄래?"

물쥐가 말했다.

"그래 알아, 네 심정이 어떤지는 잘 알아. 하지만 이럴 수밖에 없어. 우리 친구 두꺼비는 여기에서 자신의 집을 지키며 살아야 해. 모두의 존경을 받을 수 있어야 해. 그가 비웃음의 대상이, 특히 족제비들에게 코웃음의 대상이 된다면 우리도 견딜 수 없잖아."

오소리가 우울해 하며 대답했다.

"물론 그렇긴 해. 족제비 얘기가 나와서 하는 말인데, 두꺼비의 초대장을 들고 출발하려는 바로 그때 그 족제비를 만났던 것은 정말 행운이었어. 네가 두꺼비에게 했던 얘기를 듣고, 나는 어쩐지 의심스러워서 초대장을 한두 장 훑어보았어. 정말 못 봐 주겠더라구. 전부 빼앗았지. 지금 착한 두더지가 평범하고 간결한 초대장을 쓰고 있어."

물쥐가 말했다.

마침내 연회의 개회 시간이 가까워졌다. 자신의 침실로 들어간 두꺼비는 우울한 모습으로 침대에 걸터앉아 생각에 잠겼다. 이마를 앞발로 괴고 두꺼비는 오랫동안 깊이 생각했다. 마침내 슬픔에 차 있던 두꺼비의 얼굴이 밝아졌다. 자기도취에 빠진 듯이 두꺼비는 킬킬 웃으며 방안의 모든 의자들을 끌어다가 둥글게 정렬해 놓고 자신은 그 앞에 거만한 모습으로 섰다. 그리고 머리 숙여 인사한 다음 두어 번 헛기침으로 목청을 가다듬고, 가상의 청중을 향해 귀청이 찢어질 것 같은 목소리로 노래를 시작했다.

두꺼비의 마지막 짧은 노래

　두꺼비가—집으로—돌아왔다!
　응접실은 공포로 뒤덮이고, 복도에서는 소동이 일었네.
　외양간에서는 울음소리, 마구간에서는 비명소리 들려오네.
　두꺼비가—집으로—돌아왔네!

　두꺼비가—집으로—돌아왔네!
　유리창을 깨고 문을 부수네.
　바닥에 쓰러진 족제비들을 사냥한다네.
　두꺼비가—집으로—돌아왔네.

쿵! 북소리가 울려 퍼지네!
나팔수가 나팔을 불고, 군인들이 경례하네.
예포를 쏘아 올리고, 자동차 경적을 울리네.
영웅이—왔기—때문이라네!

소리쳐라—만세!
모두가 소리 높여 외치게 하라,
자랑스러운 동물에게 경의를 표하기 위하여,
두꺼비의—위대한—날을 위하여!

두꺼비는 이 노래를 감정을 살려가며 매우 크게 불렀다. 노래가 완전히 끝나자 처음부터 다시 불렀다.
그러더니 깊은 한숨을 내쉬었다. 길고 긴 한숨이었다.
두꺼비는 머리빗을 주전자 물에 담갔다가 꺼내 머리의 한가운데를 갈라 빗은 다음, 얼굴의 양쪽으로 매끄럽게 흘러내리도록 했다. 그리고 문을 열고 거실에 모여 있을 손님들을 맞이하기 위해 조용히 아래층으로 내려왔다.
두꺼비가 들어서자 모든 동물들이 환호했다. 두꺼비를 둥그렇게 둘러싸고 그가 보여준 용기에 대해, 그의 현명함에 대해, 투쟁심에 대해 찬사를 퍼부었다. 하지만 두꺼비는 희미하게 웃으며 중얼거릴 뿐이었다.
"전혀 그렇지 않습니다."

혹은 변화를 위해 이렇게 중얼거리기도 했다.
"오히려 그 반대입니다."
벽난로 앞의 카펫 위에 서 있던 수달은 둥그렇게 모여 서서 감탄스러워하는 친구들에게 마치 자신이 직접 보았다는 듯이 두꺼비가 행한 일들에 대해 칭찬을 늘어놓았다. 그러다가 두꺼비를 번쩍 안아올리고 사열을 시키듯이 실내를 빙 돌기까지 했다. 하지만 두꺼비는 수달에게서 풀려나자 그를 알고 있는 동물들에게는 놀랍기 그지없는 말을 했다.
"이런 칭찬은 오소리가 받아야만 합니다. 두더지와 물쥐의 투쟁 정신도 높이 칭송받아 마땅합니다. 나는 다만 그들의 도움을 받아 그런 일을 해낼 수 있었던 겁니다. 그런 도움이 없었다면 아무것도 이룰 수 없었을 겁니다."
동물들은 예상치 못했던 두꺼비의 태도에 놀라 입을 딱 벌렸다. 두꺼비는 이리저리 돌아다니며 손님들과 인사를 나누다가 모든 동물의 관심을 끌어모으는 것이 바로 자신임을 깨달았다.
오소리는 모든 것을 최고품으로 주문했고, 연회는 대성공이었다. 얘깃소리와 웃음소리가 끊이지 않았다. 얘기는 모두 의자에 공손하게 앉아 주위 사람들에게 겸손히 얘기하는 두꺼비에 대한 내용이었다. 가끔 두꺼비는 오소리와 물쥐를 흘깃 쳐다봤다. 그들은 두꺼비가 돌아볼 때마다 입을 딱 벌리고 서로를 바라볼 뿐이었다. 그들의 태도에 두꺼비는 매우 만족했다.
젊고 활기찬 동물 몇몇은 연회가 계속되는 중에, 예전의 좋았던 시절처럼 재미있지는 않다고 속닥거렸다. 그래서 몇몇이 테이블을 두드리며 소리쳤다.
"두꺼비! 연설! 두꺼비의 연설!"
"노래! 미스터 두꺼비여, 노래하라!"
하지만 두꺼비는 그저 가볍게 머리를 저으며 정중한 거절의 표시로 앞발을 들어올렸다. 그리고 손님들에게 예의 바르게 인사하며 가벼운 얘기를 나누었다. 여러 동물들에게는 아직 어려서 사교계의 행사에는 데리고 나올 수 없는 그들의 아이들에 관해 물어보기도 했다. 이렇게 해서 그날의 연회는 전통을 충실히 따르는 사교계의 행사가 되어갔다.
그는 진정으로 변화된 두꺼비였다!

모든 일이 끝난 다음, 네 동물은 각자의 인생을 살아갔다. 침략을 받아 큰 피해를 입기도 했지만, 기쁘고 만족스럽게 해결한 후에는 더 이상의 소동을 겪지 않았다.
두꺼비는 친구들의 조언을 받아들여 오소리까지도 예상하지 못했던 겸손하고 감사하는 태도로 간수의 딸에게 편지를 쓰고, 또 진주 장식이 부착된 금목걸이를 구입해 보내 주었다. 자동차 주인에게도 편지를 써 그가 겪은 고통과 손실에 대해 사과의 뜻을 전하고 적절한 보상을 해주었다. 오소리의 강권에 못이겨 거룻배의 여인에게도 사과의 뜻을 전하고, 그 여인의 말에 대해서도 보상했다.

긴 여름날의 저녁, 그들 네 친구는 함께 자연림을 산책했다. 이제는 자연림의 모든 동물이 그들을 알기에 그들이 자연림에 들어갈 때마다 공손하게 맞아주어 더없이 기뻤다. 그리고 어미 족제비가 자신의 어린 족제비들을 데리고 나와 그들을 가리키며 말했다.

"얘들아, 봐라, 저분이 위대한 두꺼비이시다. 그리고 함께 걷는 분은 씩씩한 투사 물쥐이시다. 그 옆으로는 너희 아버지가 가끔 말씀하시는 훌륭하신 미스터 두더지도 보이는구나."

그러나 아이들이 걷잡을 수 없이 칭얼대고 말썽을 피울 때면, 어머니 족제비는 무서운 회색 오소리가 잡아간다고 말해 조용해지게 했다. 이것은 오소리에게 대단한 모욕이었다. 오소리는 사교계의 활동에 대해서는 그리 관심이 없지만, 어린아이들은 좋아하기 때문이었다. 그럼에도 불구하고 무서운 회색 오소리가 잡아간다는 말은 언제나 최고의 효력을 발휘했다.